属于自己的一个梦想

卜 方 ◎ 著

中国书籍出版社

China Book Press

图书再版编目（CIP）数据

属于自己的一个梦想 / 卜方著 . -- 北京 : 中国书
籍出版社 , 2021.8
ISBN 978-7-5068-8598-0

Ⅰ . ①属… Ⅱ . ①卜… Ⅲ . ①诗集 – 中国 – 当代
Ⅳ . ① I227

中国版本图书馆 CIP 数据核字 (2021) 第 195998 号

属于自己的一个梦想

卜　方　著

责任编辑	王星舒
责任印制	孙马飞　马　芝
特约编辑	徐传洲
装帧设计	张聪聪
策　　划	博雅文化出版网 http://www.bjxsbywh.com
出版发行	中国书籍出版社
地　　址	北京市丰台区三路居路97号（邮编：100073）
电　　话	（010）52257143（总编室）（010）52257140（发行部）
电子邮箱	eo@chinaabp.com.cn
经　　销	全国新华书店
印　　刷	天津中印联印务有限公司
开　　本	880毫米×1230毫米　1/32
字　　数	227千字
印　　张	9.5
版　　次	2021年8月第1版
印　　次	2021年8月第1次印刷
书　　号	ISBN 978-7-5068-8598-0
定　　价	66.00元

前言

与诗同行　快乐成长

——给女儿的一封信

亲爱的卜方：在你成长的过程中，有无数带给我们快乐的事情，而始终贯穿其中的，当数诗歌。

熟读唐诗三百首，不会作诗也会吟。你对诗歌的爱好，是从背诗开始的。你上幼儿园时，我的工作比较规律，你每天多由我接送。来回路上，你无意中喜欢上了背古诗。我把自己掌握的诗词，一首一首说给你。你饶有兴趣地跟着背，很快就记住了。慢慢地，你一句我一句背古诗，成了我们每天的必修课。幼儿记忆力极强，你每周都能背会几首，就连《木兰辞》《琵琶行》等长诗也背得滚瓜烂熟。你每背会一首，我就把它打印出来，贴在墙上。幼儿园毕业时，客厅、餐厅、卧室全部贴满了，足有400余首，历代名家经典均在其中，蔚为壮观。那年夏天，我们一家和当代著名评论家张同吾先生夫妇一起去草原旅游，张先生和你一老一少对接古诗，给旅途增添

了许多乐趣。每遇一景，张先生随意说出一个上句，你都能熟练地接出下句。张先生甚为惊叹，赠书："如雏燕飞天，似幽兰出谷。"嘱我好好培养，说你定能成器。先生因病仙逝后，他的题字成了你学诗的动力。

幼小的你在那个图画台历上写出平生第一首诗时，我大加赞赏。受到鼓舞，你一发而不可收。每到一地，每遇一事，都能用自己的方式，把灵感化为诗句。尽管稚气十足，却很可爱。我常带你去颐和园玩，你总是笔和本不离身，每次都有收获。柳荫下，花丛中，凉亭下，长廊上，我们席地而坐。你有感而发，吟诗抒怀。我拍手叫好，连连喝彩，引得游人纷纷侧目。那次回老家，上秋风楼，登鹳雀楼。黄河横亘在天地间，河水苍茫，远山巍峨，近滩荒凉，令人慨叹。我说："咱俩拾王之涣牙慧，每人仿写一首如何？"回到家，你已在手机上写下《登鹳雀楼》："晚霞照天边，黄河一条线。鹳雀青云飞，流浪云水间。"我赶紧搜肠刮肚急就一首："波涛藏静流，重雾锁山脊。欲观鲲鹏飞，须待风起时。"家人皆称赞，青出于蓝而胜于蓝。

上六年级，你的第一本诗集《属于自己的一片蓝天》问世，收入习作百首，由团结出版社出版发行。老师同学予以鼓励，家人朋友给予期许。将军诗人张庞即兴抒怀，吟诗勉励。将军诗人马誉炜撰写评论，文笔奇美，引来众多嘉勉。著名诗人李松涛、曾凡华等中肯点拨，让你有了自信，明了差距，创作认知上了台阶。

凡事持之以恒，必成功。《属于自己的一片蓝天》是总结，也是开始。你抚摸着新书说，上初中要再出一本，高中亦然。我嘴上鼓励，并未当回事。而你却是认真的。阅读、创作、积累，成自觉习惯。学习再紧，作业再多，也要忙里偷闲，拼凑几句。节假日，遍览家中各种诗集，中外名家均有涉猎。经典风格语言，使你获益匪浅。热爱音乐是儿童天性，你最喜欢边听音乐，边酝酿作品。诗的创作非常奇特，有时苦苦求之而不得，有时一曲旋律、一个情景、一句话，却能在心灵中闪电般共鸣，迸发佳句。在课间、公交车上、回老家途中、风景点上，你习惯带个小本子，随时写写画画，记录灵感，说明你已初得写作要领。两三年间，居然又写出数百首。尽管尚显稚嫩、直白，艺术性、思想性亦有欠缺，但坚持之中，你既初步学会驾驭一首诗的构思和写作，也开始自觉提升诗的意境，令人刮目。其中一些短诗，甚为秀美，堪称精品。

弗洛伊德说过，"诗本不过是由梦演变而来的。"你与同龄少年一样，最富梦想。少年梦想一旦与诗歌嫁接，必生出令人称奇的思想火花。这火花闪烁的光亮，能照亮成人情感，照亮心灵暗沟。人都有童年，但孩子的世界，成人未必都能读懂。读你的习作，是一次洗礼，常为你毫无遮掩的天真感慨，常为你无拘无束的想象击节。你能将喜怒哀乐、所见所闻、所思所想化为诗句，很难得。聪明是财富，意志是更大的财富。你的成长，一路与诗相伴。你的习作，是诗化的日记，是日记的诗。从中看到，你做事有恒心，意志坚定，能不懈努力，这一点非常可贵。

诗人若像厨师，读者就是顾客。每一道菜，人们各有所好。有的诗作，我觉得平常，你却视为珍品。于是我再读，换作童年视角，用童心去读，果然有新发现。好的作品，往往是一蹴而就，即兴而作。正所谓，文章本天成，妙手偶得之。相反，有些作品，下功夫不少，却感觉平平，缺乏亮点。厨师技艺提升，全靠师傅指导。你能进入一零一这样的名校，受到董磊明等名师教化，是一种幸运。

你的不少习作，皆是在董老师指导下，反复雕琢而成。你总对我说："董老师太神了，真是高手，经她点拨修改，诗文立即生辉。"董老师提高的不仅是写作技巧，更是品行修养。心有所想，笔有所向。在你的习作中，爱是永恒主题，处处融入爱学校、爱师长、爱同学的情感。你对一零一中学的热爱，深入灵魂。一零一的花草树木、湖泊亭台，都写得很细腻，令人神往；一零一的校长、老师和同学，都写得很鲜活，令人感动。一零一的老师，不愧为人生楷模。一零一的培育，值得你永生感恩。

诗歌是唤醒灵魂的号角。诗意人生，促使人们向着远方前行。有诗为伴，就能洗涤心灵；与诗同行，就是向美好出发。亲爱的卜方，你已经 14 岁了。14 岁是人生的重要节点，也是成长的关键阶段。一代有一代的使命，一代有一代的追求。"李杜诗篇万口传，至今已觉不新鲜。"在你的第二本诗集《属于自己的一个梦想》出版之际，爸爸有太多的祝福。千言万语汇成一句话，愿你与诗同行，快乐成长，不断收获上帝遗落在精神高地的语言精灵。

卜宝玉

2021 年 3 月 22 日

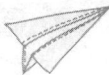

目 录
CONTENTS

第四辑　　春天的歌

第五辑　　乡下风情

第六辑　　四季抒情

第七辑　　梦中风景

第八辑　　生活哲韵

第九辑　　百味人生

附录：鼓励与关爱

第一辑

— 001 —

童年风筝

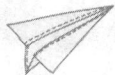

回想童年时光

孩子们的欢声笑语
回荡在我的耳旁
童年的一个个期待
成了美丽的现实

童年无尽的幻想
被无限放大
成长中美好的渴望
被时间的河流吞噬

回想童年时光
有哭，有笑
有遗憾，有满足
不管多么容易
不管多么艰苦
留在童年隧道的
永远是懵懂的眼神
和一堆没有理由的为什么

感　恩

感恩太阳给了我们温暖
感恩大地给了我们家园
感恩河流给了我们血脉
感恩大山给了我们精神

感恩绿芽带给我们春天的名片
感恩花朵带给我们夏日的美丽
感恩候鸟带给我们秋天的消息
感恩腊梅带给我们冬天的诗意

感恩父母给了我们生命
感恩老师给了我们知识
感恩同学给了我们纯真的友谊
感恩学校给了我们成长的摇篮

感恩能温馨生活
让世界变得有心
感恩能滋养人生
让心灵变得饱满

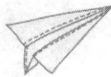

初次见面

当你与我初次见面
你对我是那样热情
那是我第一次见到你
把你的样子刻在脑海里

当你与我初次见面
我对你是那样的真诚
那是我第一次见到你
你的模样我现在还记得

当你与我初次见面
听到你动听的声音
那是我第一次见到你
你的话语我至今还记得

当你与我初次见面
和你玩得那样开心
那是我第一次见到你
玩的游戏我今天还记得

那是我第一次见到你
我还记得一切
却不知你是否还记得……

雨过天晴

记忆里还是那个你
儿时的故事是否还在心里
大雨冲刷了往日的印记
冲刷了我的一片心意
不留下任何一点点痕迹

雨过天晴
记忆里还是那个你
还是在那个地方
我等待着你
你是否也期盼那份美丽

雨过天晴
那个地方还是那样美丽
水洼在路旁的小巷里
显现出了有关你的记忆

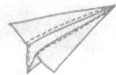

咏 蚕

桑叶刚刚露出芽尖
蚕儿便争相破壳而出
像密密的小蚂蚁
一大片，一大片

桑叶慢慢长大
蚕儿也慢慢地长大变白
我每天下课后
都要上山去采桑叶
看着蚕儿吃得那么仔细
沙沙沙，沙沙沙
像一首歌
回荡在我的童年

蚕儿长大成熟后
开始吐丝结茧
像是最精心的工匠
设计着最美的蚕房
当蚕儿化蛹为蝶
破茧而出
在洁白的宣纸上产卵
一大片，一大片

养蚕的过程

我看到了生命的

诞生，成长

终结，轮回

一个生命的终结

也寓意

新的生命

正在孕育而出

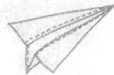

足 迹

我漫步在
山间的小路上
泥泞中留下
密密的足迹

山谷的草丛下
流淌着
一条蜿蜒的小溪
每当将要迷路的时候
小溪像铃铛一样
给我指示
前进的方向

人生有许多岔口
命运会发生转折
有时候一旦选错
未来就被彻底阻挡
关键时完美的足迹
才能写下
幸福的诗行

飞翔的力量

小时候
抬头仰望着天
看着那大雁起飞

常在梦中
像大雁迎风飞翔
俯身鸟瞰大地
看着人们向空中仰望

在蓝天上
大雁微不足道
但在我眼里
对大雁却很神往
想和它们一样
拥有想象的翅膀
拥有飞翔的力量

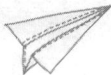

童年的风筝

幼时
总喜欢放风筝
迎风起飞的风筝
放飞我的美好心愿

那跌落又起飞
起飞又跌落的风筝
寄托的梦想
飞过了我的童年

童年里的风筝
永远是一个甜甜的梦
伴随着阵阵微风
伴随着美丽的春天

伞

雨中行走
按下按钮
撑开了伞
硕大的伞冠
包裹了我瘦小的身躯

风雨无情
伞有情
哗啦啦的大雨中
留下了一片温馨

渴望人生一把伞
为我遮风又挡雨

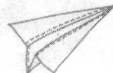

白 杨

长在边界的你
长年经受着风沙
长在边界的你
长相酷似守边的人

他们会哭会笑
就像你在风中
哗啦啦地叫
他们年轻英俊
就像你挺直腰板
向空中延伸

啊，白杨树
树林中的骄子
啊，守边人
人群中的英雄

踩 雪

小时候
最喜欢的就是
在下雪的早晨
走出去，欣赏
没被破坏的完整
且用双脚，在洁白中
踩出一条自己的路

雪地的脚印
歪歪扭扭，蜿蜒前行
如同人生之路
永远不知回头
在未知的前方
留下了一串痕迹

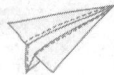

我看着鱼儿在水中游

我看着鱼儿在水中游
心想
鱼儿呀
快快长大
让我再为你换一个鱼缸
换一个畅游的天地
如同我自己
快快长大吧
踏入社会
换一个美丽的地方

丹顶鹤

在鸟儿迁徙的季节
一对美丽的丹顶鹤
引颈目送鹤群远去后
在一片水草中留了下来

鹤丈夫的腿不幸受伤
它再努力也飞不起来
鹤妻子便和丈夫一起
留下来生儿育女，繁衍后代

丹顶鹤的故事在电视里播出
我心里感动得连连感慨
它们用不离不弃书写着
生死相依的生命之爱

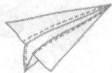

人间珍宝

何为人间珍宝
每个人有自己的标准

我想
那不是金钱
而是时间
那不是物质
而是真情
那不是幻想
而是记忆

为你唱首送别曲

为你唱首送别曲
啊，朋友
明天将用朦胧的泪眼
告别
将要渐行渐远的你

为你唱首送别曲
啊，朋友，从此后
再难看到你那明亮的双眼
再难看到你那瘦小的身躯
再难看到你那纯真的笑容
再难握到你那鼓励我的手
我们在一起的故事
将会像风一样流在时间里

为你唱首送别曲
我会常常想起
和你开的每一个玩笑
你的一举一动
都将常常在我心里回放

为你唱首送别曲
再见了，亲爱的朋友

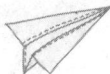

理想树

当年龄残酷地告诉我事实
当梦想真诚地倾诉着一切
我知道自己长大了
不再是以前那个
可以随意撒欢的孩子

我长大了
心中也长起一棵理想树
我努力着，让它长大
我相信
会有风雨
会有坎坷
但当它开花结果的时候
定会像雨后彩虹般绚丽

希望的种子

那一年
我来到鱼塘边的草地上
挖出一个坑
将一粒种子埋进土里
也将一个希望种到心田

从那以后
每当来到鱼塘边
我都要仔细观察我的种子
发芽，生长，变高

如今
我来到鱼塘边的草地
它已长得很高很高
快要成为参天大树
就如同我的希望一样生长

它有多高
希望就有多高
它有多大
梦想就有多大

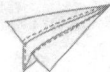

开在记忆深处的花

开在记忆深处的花
是什么颜色
我想
那一定是缤纷的
犹如心灵一样
装饰了我的梦

开在记忆深处的花
是你吗
那山谷里的百合
是你吗
那田里的菜花
是你吗

或许
你没有牡丹那样受众人喜爱
或许
你没有玫瑰那样散发着清香
但你
却有着出淤泥而不染的品性
濯清涟而不妖的气质

开在记忆里的花

你还记得我吗

曾与我儿时的玩伴

在乡路上玩耍的

是你吗

曾与我在大院里追逐的朋友

在胡同的拐角悄悄笑着的

是你吗

曾与我在学海里一起遨游的挚友

在书本旁静静开着的

是你吗

说是我点亮了你的生活

不如说你装饰了我的梦

那开在记忆里的花

是你吗

童年的呼唤

少年的梦想

你可否听见

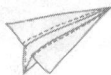

假如我有一切

假如我有一切
我一定会让所有的孩子
都不上学
天天开心地干喜欢的事

假如我有一切
我一定会买一只兔子
静静地看着它
一点点长大

假如我有一切
我一定会用我的一切
让在医院的病魔
全都退去
让痛苦的病人
全部康复

假如我有一切
我一定会请幸福来做客
请年轻来玩耍
让世界充满爱
让生活永安康

回忆美好

回忆总是美好的
只不过我们
没有发现罢了

每当我们埋怨
生活没有乐趣
就应该想一想
一切都会成为回忆

回忆总是美好的
哪怕是一声欢笑
都能消除恐惧

回忆总是美好的
哪怕只是一瞬间
都能带来幸福

回忆总是美好的
哪怕只是一点点
都是甜蜜的记忆

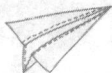

致我的同学

还记得一年级时
在那个陌生的地方
周围全是陌生的人
你给我一个温暖的微笑

还记得二年级时
我们融合为一个班集体
我遇到了难题
你告诉我解题的法子

还记得三年级时
能够理解老师了
一起评价好与坏
一起和同学讲道理

还记得四年级时
你与我一起进了跳绳队
一起看六年级哥哥姐姐跳绳时
我们惊叹地屏住呼吸

还记得五年级时
咱们一起参加跳绳比赛
获得市里的奖牌时
激动又紧张的样子

我想，现在六年级了
你与我都要记住
只要坚持不懈
就会取得进步

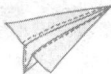

心中有阳光

只要心中有阳光
就不怕黑暗
即使没有灯塔
蜡烛也很明亮
因为心中有阳光

只要心中有阳光
就不怕死气沉沉
即使花草枯萎
也有再生的希望
因为心中有阳光

只要心中有阳光
就不怕孤单
即使没人理会
也有友情长在
因为心中有阳光

只要心中有阳光
就不怕世界阴暗
即使灵魂消沉

也在向往清纯
因为心中有阳光

只要心中有阳光
就要去尝试
天下不怕闯
就怕敢闯的人
因为心中有阳光

只要心中有阳光
就要去说，去表达
拥有真理
谎言不敢敲门
因为心中有阳光

让众人心中有阳光
让世界美丽有阳光
让万物生机有阳光
让大地热闹有阳光
让光明永存

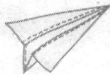

跨过人海遇见你

当我越过一座座高山
发现不一样的你
当我跨过一条条河流
遇见不一样的你

我跨过人海
遇见你的精神
开心、乐观
勇敢、坚强
我跨过人海
遇见你的性格
欢乐、搞笑
童趣、天真

我们天生吸引
这毕竟是一种
解不开的缘
让我们共同走向未来

我笑便面如春花
而此时的你又是何等美丽
我泣便面带苦涩
而此时的你又是何等焦急

人生苦涩
谁人知
但我知，我会
跨过人海
去遇见最好的你

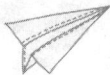

第一次

第一次，感到失败
看到别人的脸上含着笑容
而我，第一次失败
这也是第一次失败来上门
这也是对我成功之后的
惩罚

第一次，感到紧张
看到别人脸上那么放松
而我第一次紧张
这也是第一次小小的兴奋
小小的激动
变得更紧张

第一次，感到失落
看到别人拿金牌银牌时的模样
多么自豪
而我第一次失落
我想以前的自己
也曾是那样

第一次，感到开心
看到这是我们创造的
微不足道的成功
而我第一次感到开心
因为这是对我们训练的
一点点回报

第一次，感到温暖
在我无助的时候
安慰我的语言
让我心存感恩
世上还是好人多
永远都要知恩图报

第一次看懂这个世界
失败、失落
紧张、开心
黑暗、光明
温暖……
在上空回荡

我们在路上
五星红旗迎风飘扬
太多的东西让我们感受世界
希望我有一个更好的旅行
发现更多久违的感动

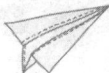

第一次
那么多第一次
都是一个好的开始
都会有一个圆满的结束

外面的风

外面的风刮得好大
呼呼作响
震耳欲聋

外面的风刮得好大
好像要把树枝折断
把大树吹倒

外面的风刮得好大
仿佛要带走我的心
和风一起飞

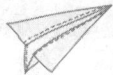

花海依在心不变

花海依在心不变
我站在
熙熙攘攘的人群里
等待你凯旋

花海依在心不变
我守在
涛声澎湃的港湾里
等待你归航

花海依在心不变
我伫立在
高耸入云的山峰里
等待你成功

你是希望的旗帜
不断走向胜利
我会站在花海中
等待你

♪ 人生漫长得很

人生漫长得很
我悄悄告诉自己
每天都有足够的时间
去做一个悠闲的自己

人生漫长得很
长到自己可以忘记从前
人生漫长得很
但也要把每一天
好好去珍惜

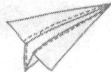

虚 荣

如果一个人老回首往事
就会在不知不觉中
为过去的东西而骄傲
如果一个人把大部分时光
都浪费在虚荣上
有的人甚至把命都搭了进去
这样做真不值得

从现在做起
不被任何东西诱惑
不为任何事情虚荣
一切都踏踏实实
做一个谦虚的好人

方　向

方向是什么
方向是在你冲昏头脑时的
一缕春风
方向是在你迷失时的
一片希望
方向是在你无聊时的
一个乐趣
方向是人生的航标
一直在为我们
指点迷津

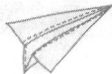

目 标

目标是什么
目标是我们努力的方向
那个人生海上的岛
目标是我们前进的动力
有了它
我们才有信心
目标是我们可依赖的路
指引我们
一直向前

时 间

人们常说
时间是金
时间是银
可时间是什么
怎么变成金和银

你今天好好珍惜分分秒秒了吗
你今天和时间赛跑了吗
你入睡前想过没有
后悔今天的生活了吗

那我告诉你
时间随时都在
也随时都会溜走
只有珍惜分分钟
方能成为成功的人

喜欢自己

你有没有想过
如果"我"是别人
会玩得更开心
会考得更优秀

但我要告诉你
自己就是自己
不要羡慕别人
也不要贬低自己

如果你羡慕别人
是因为自己做得不好
如果你想成为别人
是因为自己的差距很大
如果你够优秀
那么，你就会
重新喜欢上
一个新的自己

我爱你

我爱那林间翠松
我爱那和平白鸽
我爱那白雪皑皑的冬
我爱那天真的笑容

当一勺一勺的粥
一次一次放到我碗里
我在心里想
我爱你,母亲

当林间小溪
高歌欢唱
我要去畅听
我爱你,自然

当微风送五星红旗
飘上蓝天
我要高声呼喊
我爱你,中国

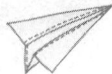

无　需

善良，无需等待
因为
它随时都在

友谊，无需伪装
因为
它真挚甜蜜

朋友，无需善待
因为
他真诚和蔼

失望，无需排解
因为
它是成功之源

如　果

如果我是一片水草
那么你就是大海
如果我是一尾游鱼
那么你就是一条大江
如果我是一只小鸟
那么你就是一片蓝天
如果我是一片树叶
那么你就是一片森林
如果我是一朵红花
那么你就是一片花丛
如果我是一粒沙子
那么你就是一片沙滩
如果我是一颗小雨滴
那么你就是一场春雨
如果我是一颗珍珠
那么你就是一个蚌壳
如果我是一个小字
那么你就是一本巨著

第二辑

— 002 —

少年畅想

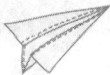

少年诗行之一

琴棋书画，一路相随
而我觉得
成长的故事
好像少了什么

刻意设计的
并不欢乐
欢乐都是意外的收获
就像在大海边嬉笑打闹
忽然踩上了一个
大大的贝壳

少年诗行之二

到了中学，在灯下
作文，吟诗
忽然感到
灵感像夜空中闪烁的星火
多得数也数不清

而真正需要的时候
却很难找到
真实而具体的一个

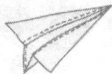

少年诗行之三

我常常思索
美好的青春时光
我该做些什么
我能做些什么

我不愿守着课桌
把快乐在作业里淹没
我不愿参加课外班
和学霸们拼个你死我活

我渴望能游遍天下
去漂流美丽的河流和大海
去游遍苍凉的高原和雪山
去参观宏伟的庙宇和古城
去感受无边的森林和大漠
让好奇的心
在与自然的交流中
唱出属于少年的歌

少年诗行之四

人们常说

当局者迷

旁观者清

可又有几个知道

何为当局

何为旁观

又有几个懂得

何为迷

何为清

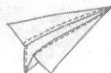

少年诗行之五

有时候，一个微笑
就能让人感到温暖
有时候，一句冷语
就能把一颗心伤害

不要责怪
生活不够慷慨
不要抱怨
收获不能如期到来

朋友
都是真情付出
友谊
全靠真诚灌溉

少年诗行之六

我想拥有
一双蝴蝶的翅膀
薄薄的
长长的
透明的
在绿草中
不起眼
在花丛中
很平凡

然而，当它一抖动
或许就能掀起
一场跨越大洋的
剧烈风暴

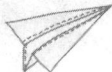

少年诗行之七

如果重新学琴
你一定可以考过十级
如果重新上学
你一定可以成为学霸
如果重新锻炼
你一定可以成为长跑健将

人生没有如果
一切都是当下的结果
当发出如果的感叹时
一切都回不到过去
为了以后不再后悔
我们必须每一天每一步
都脚踏实地，努力拼搏

少年诗行之八

在我们的世界里
有一个美丽的精灵
她用世间少有的纯洁
书写青春的年轮
她教会孩子们做人
迷茫的我
时不时都可以找她
去索要欢乐的消息

在我们的世界里
有一个美丽的精灵
她承载着美好的梦想
向未来展翅飞翔
她教会同学们奋进
沉郁的我
都时不时可以和她
向着理想勇往直前

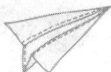

少年诗行之九

记忆就像一盘散沙
抓得越紧，便掉得越多
要将它捧在手心里
慢慢呵护
才不会丢失

诗日记

美好的灵感都已经出发
不论是在课间
还是在公交车上
我的日记本上
记下一首又一首
学习和生活的诗

有欢笑
也有眼泪
有自愧不如
也有洋洋得意
有繁星闪烁的梦幻
也有喷薄欲出的晨曦

十三岁、十四岁
一本一本手掌大的诗歌日记
记载着我成长的故事
也记载着我那
永远属于自己的秘密

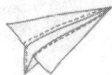

美

有时候
漂亮的东西不一定美
美的东西不一定漂亮

有时候
感动的事情不一定美
美的事情不一定感动

真正的美
美在心灵
美在精神

我

我就是我
我不是我们
我们也不是我

没有两片叶子是一样的
没有两朵云儿是一样的
没有两只鸟儿是一样的
每一个生命都应有
不同于众的个性和特色

如果我和我们没有区别
如果我们和我成了同义词
那么，我
就不再是我

相　逢

你与我的相逢
就像
蓝天与白云的相逢
绿树与红花的相逢
小鸟与巢穴的相逢
都是冥冥之中
注定好的

既然已无法改变
不如顺其自然
好好珍惜
这场相逢

记 忆

一

总会将不想记起的事物
记得比谁都清

想记住的事情
却总忘得快

越想记住时
它会越缥缈

二

有时
你越想忘记它
就会记得越清
因为
你总在想它
每天都想
当然不会忘

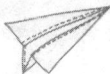

心　事

春的心事，花来诉说
夏的心事，雨来诉说
秋的心事，果来诉说
冬的心事，雪来诉说

山的心事，松来诉说
海的心事，浪来诉说
大漠的心事，沙来诉说
草原的心事，鹰来诉说

风的心事，帆来诉说
雨的心事，伞来诉说
天空的心事，星星来诉说
大地的心事，生命来诉说

婴儿的心事，哭来诉说
幼儿的心事，笑来诉说
少年的心事，漫画来诉说
青年的心事，诗歌来诉说

自 勉

明明有能力做好

为什么偏要放弃

明明有能力操控

为什么却任人摆布

明明有能力去好好生活

为什么要放弃努力

记住

没人能够打败自己

灰心丧气的人往往是

自己断送了成功

自己埋葬了光明

亲手将生活推向万丈深渊

内心强大的人

永远不会言败

即使败了

也会告诉自己

我还会努力

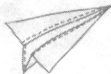

只有心灵改变，变得强大

才会为自己为生活

好好去选择

才会在寻找前途中

发现未来的路

一片光明

诗

你总是那样
一言难尽
力不从心
我的情绪
用你表达
有谁能知

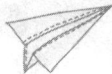

写　诗

苦苦寻觅
却下不了笔
灵感最淘气
不会呼之即来

不经意的时候
诗句突然来临
如不赶紧记下来
转眼就没了踪影

写诗
如作画
任意挥洒
定能增添不少风雅

后　悔

世界上没有后悔药
但是
每当做完一件事
都会后悔
暗自告诉自己
下次不要这样
但往往都是
依旧不会改变
以前的选择

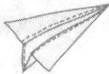

心 中

心中
有天，有地
有山，有水
在那里，不会受到束缚
在那里，不会受到制约
只有无尽的想象
才是永恒的财富

希 望

你就如一道光
直射入我的心房
让我在想放弃的时候
鼓起勇气和力量

你就像一团火
燃烧着我的梦想
让我在前行的路上
有了鼓舞自己的秘方

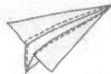

少年不识愁滋味

幼年的我们

从来不识愁滋味

画画，唱歌

滑梯，秋千

动物园，植物园

处处留下了

天真的欢笑

现在的我们

依然不识愁滋味

尽管作业总写不完

尽管课外班总上不完

但在课余，在假期

我们依然能用自己的方式

制造许多欣喜

并且不由自主地

露出开心的微笑

毒蘑菇

毒蘑菇
往往是蘑菇中最好看的
色泽鲜艳
引人注目

但是
有着光鲜艳丽的外表
又有什么用呢
还不如内心的纯洁好

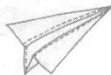

总有一个声音在呼唤我

总有一个声音在呼唤我
让我做一个好人
去回报世界

总有一个声音在呼唤我
让我坚持
因为我离它只有一步之遥

总有一个声音在呼唤我
让我诚实
可是，在有些地方
诚实的人往往被误解

总有一个声音在呼唤我
呼唤我的人太多太多
还有那么多事情要我去做
努力，是唯一的选择

从明天起

从明天起，做一个有爱心的人
尊重每一位身边的人
做一个好人

从明天起，做一个会生活的人
学会用空余时间
品味人生

从明天起，做一个无忧无虑的人
让每件事都放慢脚步
轻松地享受生活

从明天起，做一个有信仰的人
去看看每一座教室
每一种学习
都必不可少

从明天起，做一个幸福的人
看清世界的每一个事物
离开丑恶的一切
做一个阳光的人

从明天起……

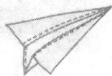

面带微笑

面带微笑
忘掉一切烦恼
白天的心事抛到一边

面带微笑
美美地睡上一觉
明天的事情认真去干

面带微笑
不论遇到什么困难
都要用乐观去对待

面带微笑
一切才会是
最佳的状态

面带微笑
一切才会是
最好的结果

在我心里

在我心里

有个梦想

穿越古今

我想和秦始皇

完成华夏统一

我想和唐太宗

开创贞观之治

我想和成吉思汗

书写马背传奇

我想和康熙乾隆两位大帝

共享繁荣盛世

我想看商鞅变法

我想听魏征谏言

我想阻止赵括纸上谈兵

我想陪伴苏武漠北牧羊

我想学习勾践卧薪尝胆

我想研究诸葛亮妙用奇计

我想邀请孔子孟子老子韩非子

在青山绿水间席地而坐

探讨中华文化的博大内涵

在荣归故里时

我想听刘邦高唱《大风歌》

在雁阵南飞时

我想听刘彻吟哦《秋风辞》

在东临碣石时

我想听曹操抒发《观沧海》

在潇潇雨歇时

我想和岳飞一起狂草《满江红》

在挑灯看剑时

我想和辛弃疾一起正楷《破阵子》

我想与李白飞上青云端

共赏银河落九天

我想与白居易下马驻足浔阳江畔

倾听一曲《琵琶行》

我想与李煜在春花秋月中

吟唱一江春水向东流

我想与苏轼欢饮达旦

问青天明月几时有

我想与李清照在重阳佳节

咏叹人比黄花瘦

我想和安徒生一起

救助卖火柴的小女孩

我想和泰戈尔一起

描绘孩子们的游戏

我想和麦哲伦一起

环球航行

我想和哥伦布一起

发现新大陆

我想和哥白尼一起

改写地心说

我想和牛顿一起

发现苹果落地的秘密

我想和爱迪生一起

打造科学发明的钥匙

我想和诺贝尔一起

设立一个少年发明奖

在每一个爱幻想的孩子心里

种下改变人类命运的种子

在我心里

有个梦想

穿越古今

可这如何方可为实

只有书也

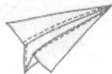

历史的长河

是时间的倒流
还是时空的扭曲
历史的长河
是纵向还是横向
有人为此
踏上时代的风口浪尖
有人为此
卷进历史的惊涛骇浪

一块化石
隐藏着古老的秘密
一块砖里
凝聚了无数人的心血
一滴水里
记载了尼罗河的顽强
一粒尘沙
见证了金字塔傲立千年的沧桑
一块海底的破石
有亚特兰蒂斯湮灭的苦难
一缕硝烟里
有古罗马沦陷的绝望

一颗千年古树里
有楼兰古城昨夜的流光
一滴泪珠
留下了孟姜女的哭泣
一块圆明园发现的玉石
有皇家盛世的辉煌
一串二万五千里的脚印
刻下了红军长征的壮举

每一个高贵的，卑微的
每一个乱世的，盛世的
每一段走过的，经历的
前一刻发生的，验证的
后一刻到来的，相像的
都是历史

长河里
没有绝对的时间、空间
也没有绝对的横向、纵向
而被卷进去的
有迷茫，也有思考

从史前到 21 世纪
历史像不可阻挡的列车
载着人类，向着文明
呼啸而去

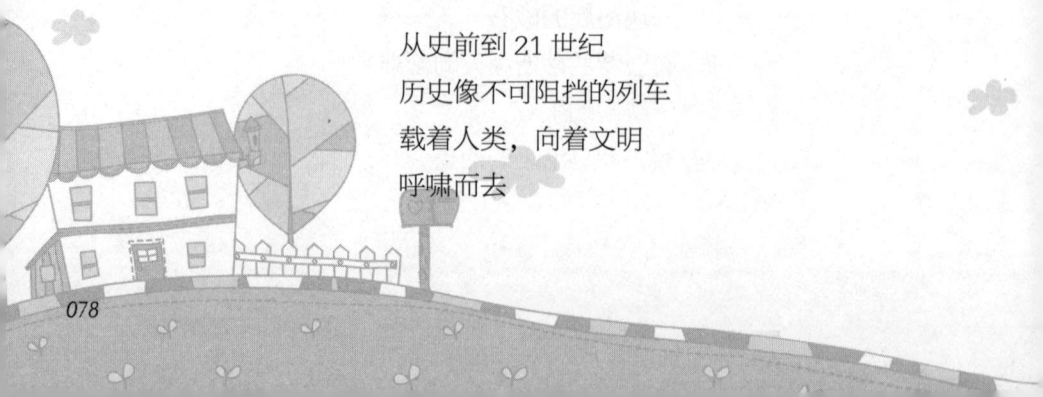

第三辑

— 003 —

校园诗话

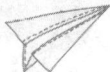

一零一，我心中的梦

你的动物
骄傲的孔雀
可爱的羊驼
美丽的天鹅
永远用最懵懂的眼神
去解最难的事
你的风景
郁郁葱葱的柳
清澈无瑕的湖……
永远有数不完的诗意
道不完的情
一零一，我心中美丽的梦

你从塞上高原走来
一路与旗帜同行
你从红色圣地走来
经历战火硝烟
你与新中国一起走来
书写时代辉煌
我们从前
就与你站在一起
我们以后
必将在你的注视下冲在最前面
一零一，我心中红色的梦

科学家从这里百炼成钢
艺术家从这里走向世界
将军从这里走向沙场
体育健儿从这里登上奖台
一零一，我心中飞翔的梦

我们将校训记牢
永不会忘记
追求卓越
永远是我们的使命
我们在你的怀抱里茁壮成长
我们在你的课堂上汲取营养
我们在你的见证下修养品德
我们在你的激励下更进一步
一零一，我心中追寻的梦

我们筑梦
一起同行
我喜欢这里的一切
人、事、物、景
都令我难忘
于是我用纸和笔、墨与情
写下了你
一零一，我心中永恒的梦

注：一零一，指北京一零一中学，是北京市重点中学。

题海无边

每天都在题海里
奋力前行

眼睛一闭一睁
困得不行了

眼睛一闭不睁
睡过头了

题海无边
回头也不见岸

成绩的灯塔
永远闪在前边

书

我本想得到一颗星星
它却给了我整个天空
我本想得到一朵鲜花
它却给了我整个春天
我本想得到一片绿叶
它却给了我整个森林
我本想得到一朵浪花
它却给了我整个海洋

啊，爱书吧，读书吧
它是最慷慨的施主
你的每一分付出
都有千倍万倍的回报

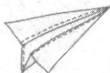

作　业

像一个迷宫
昏天暗地
总也走不到头

有时
真想停下来
置身事外

而总有一个声音在说
迷宫的尽头是成功
尽管已经很累很累
我却不敢停下来

学 习

学习不像游戏

永远入迷

学习不像跳绳

断了也没有关系

学习不像读一本有趣的书

总是忘了时间

学习不像画一幅画

画不好可以反复

学习不像涂改带

随时可以更改

学习与时光同行

学习与年轮相伴

过去了就过去了

再也不能重来

为了不荒废时日

一切从今日做起

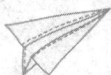

台 灯

沉默的伙伴
最懂我的苦和乐
始终不离不弃
陪伴着自己

深夜，一切都睡了
台灯却瞪大眼睛
一丝不苟地
陪着我度过
一个又一个
挑灯夜战的日子

宁静的夜晚
美丽的台灯
比月亮明亮
比星星晶莹
柔亮的灯光
温暖的照耀
亮丽了我的青春故事

魏红波老师

您堪称楷模
对自己要求最严格
要求我们学习的
您肯定记得最牢
要求我们做到的
您肯定做得最好

您的头发已经花白
却始终兢兢业业
苦口婆心站在讲台
教我们学宪法
教我们学道德
教我们如何做事
教我们如何做人

您的一举一动
就是最好的表率
您的一言一行
就是最好的教材

注：魏红波，北京市一零一中学初二年级政治老师。

董磊明老师

生活中
您是学生的好朋友
课堂上
您是一位严格的老师
与您在一起
特别的开心
总感觉二月的春风
拂过我的脸颊
与您在一起
特别的温暖
总感觉明丽的阳光
照着我的心扉

您不厌其烦的点拨
让我在写诗作文的时候
灵感闪烁，文思泉涌
在我不成形的一堆素材中
您总能发现有用的东西
并教会我如何提高自己
如何将石料打磨成玉器

您每天都要工作到深夜
对我们提交的作业逐一批改

您答疑解惑的微信
总是在星光下如期而至
不论是双休日，还是假期
您和我们关于知识的交流
总能在网络上准时开始
不论是中午，还是晚上
您都要牺牲很多休息时间
时时牵挂着我们的成绩
鼓励我们奋力地向前奔跑

您的指导总是那么精准无误
让我知道自己的优点不足
让我知道自己的问题原因
您的鼓励总是那么耐心细致
让我一点点找到了自信
让我看到了努力的方向
您对我说过的每一句话
都成了我好好学习的动力

感谢您！亲爱的老师
您教会我的不仅是学习
更是做人
您指导我的不仅是今天
更是明天
我将继续努力，不负韶华
用靓丽青春写下美丽诗篇

注：董磊明，北京市一零一中学语文老师，初二年级组长。

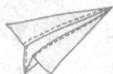

吴丽双老师

我多想给您写一首诗
却不知道从哪里写起
就像您的地理课上那些
山川河流，地形地貌
日照光照，城市分布
每一点都有无穷的含义

就觉得您特别富有爱心
对每个同学都非常呵护
我们每一个人的喜怒哀乐
都像经纬一样定位在您心里
作为我们的班主任老师
您不放过任何教育我们的机会
像花园里辛勤的园丁
细心地修剪着每一株花草
像雪山上流下的清泉
无私地浇灌着每一树桃李

您事务繁忙
但却时时刻刻
关心我们每个人的学习

您总对我们提出更高的要求

希望班里每一位同学

都变得非常优秀

您每次在班门外看着我们上课

都是为了督促我们

认真听讲而不荒废时间

那一天我身体不舒服

您下课后赶紧来医务室看我

一边安慰，一边与家长联系

当我病好了重来学校时

您那满含爱心和关切的笑容

使我感觉到了无比的温暖

亲爱的老师

您的信任鼓励尊重赏识

让成绩一般的我找到了自信

您用和风细雨的谆谆教诲

让我们的心灵得到了净化

亲爱的老师

您用坚毅执着的信念

为我们立起了挡风的墙遮雨的伞

您用心中全部的爱

把我们的青春色彩染得无比靓丽

注：吴丽双，北京市一零一中学地理老师，初二年级七班班主任。

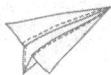

付娟老师

严格并不严厉
公平而又公正
做事像公式算出来一样
您从不偏袒任何一个人

作为课代表
我存在的问题不少
得到的帮助也最多
学到的东西也最多
在您的教授辅导下
我不再害怕
那些复杂的定理和概念
点线面角的神奇变化
方程函数的复杂组合
不再让我感到无从下手
在您的鼓励引导下
我不再陌生
那些冷门的解题方法步骤
配方分解的灵活运用
因变自变的准确判定
让我在解析中找到了乐趣

如果数学是学游泳

我一开始是最怕水的呀

亲爱的老师

是您教会了我

在数学的海洋里畅游的

方法和技巧

并且用各种姿势

应对暗藏的风浪和漩涡

亲爱的老师

在您的课上

我学到的不仅是科学的奥秘

更是永恒的智慧

注：付娟，北京市一零一中学初二年级数学老师。

✎ 高微微老师

最喜欢听您在上课的时候
给我们讲人生的道理
您给了我们一片美丽的星空
让我们在英语的世界里追梦

您对工作极端负责
您对同学特别细心
为了我们的能力得到提高
您倾注了自己全部的心血
26 个字母，不同顺序的组合
拼成了一串又一串
解锁知识的密码
简单的口语，复杂的语法
融入了生动离奇的故事里
世界的历史，各地的文化
隐藏在一个又一个短文里
在我们意犹未尽的时候
英语水平已提高了很多

每天晚上，您在群里
总有说不完的话

嘱咐这个，叮咛那个
生怕不小心遗漏了什么
您发给我们的那些考点
都是您一点一点积累的智慧
您耐心的话语中流露的
都是一点一滴无私的关爱

亲爱的老师
您为我们开启的
是一个窗口
我们从窗口向外望去
是一个陌生而神奇的世界
您为我们架起的
是一座桥梁
我们从桥上向前走去
是一个文明和文化的天地

注：高微微，北京市一零一中学初二年级英语老师。

石磊老师

从桃花初绽到梅花盛开
从新叶萌芽到雪花纷飞
挥洒汗水的操场上
您陪我们一起越过四季

草地上，蓝天下
我们一起锻炼，一起成长
我们一起运动，一起进步
您的一声声"加油"
是我们冲刺 800 米的号角
您在终点的招手
是我们取得胜利的希冀

当我因病无法训练
您是那样的担心
生怕我被落下
当我的成绩有了进步
您是那样的开心
笑容在脸上洋溢

感谢您，亲爱的老师
在您的严格要求下

我们提高的
不仅是成绩，更是体质
在您的科学训练下
我们强健的
不仅是身体，更是意志

注：石磊，北京市一零一中学初二年级体育老师。

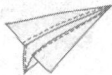

冯乾老师

冯善良是您自己起的名字
您的学生都很喜欢
您的善良真是无与伦比
一点一滴我都记在心里

每次上您的课
我都能认真地听
是您的人格魅力
让我打起了精神
您讲课时的风趣幽默
令我笑口常开
您课堂上的表扬鼓励
让我再接再厉
每个上课时的暗号
都是我们交流的言语
每次下课后的沟通
都让我游到了新的海域
您对我的每一次教诲
我都谨记在心
您对我的每一个希望
我都化为动力

我逐渐上升的成绩里
融入了您的关爱和付出
我总能从您那里
获得鼓励，获取信心
勇敢地朝着梦想出发

注：冯乾，高思教育机构特级教师。

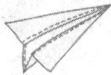

陆云泉校长

如果一零一是一艘航船
您就是历经风雨的船长
手把舵轮
掌握着前进的方向

如果一零一是一列高铁
您就是充满激情的车头
燃烧生命
产生着无穷的动力

如果一零一是一个追梦的集体
您就是点燃信念的火炬
把美好希望
高擎在队伍的前列

有时候，您特别高贵
一言既出
让我们感受到思想者的深邃
一次鼓励
让我们向着科学的高地冲击
一个理念
让我们认识复杂的社会人生

有时候，您又特别朴素
平易近人地对待每一位同学
在餐桌上和同学坐在一起
询问饭菜香不香
能不能吃饱
那亲切朴素的话语
让我误以为您是食堂的师傅

每一次看到您的目光
我都深深地感受到
一位校长对学生真情的关爱
每一次听您的讲话
我都会深受启发
领悟出哲理，感受到诗意

亲爱的校长
我决不辜负您的期望
三更灯火五更鸡
衣带渐宽终不悔
满怀激情，怀抱理想
向着知识，向着科学
德智体美劳全面发展
去美丽的远方追梦

注：陆云泉，北京市一零一中学校长。

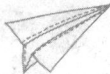

蒋桂平老师

上您的课
是一种享受
在您的课上
不仅可以纵观历史
神游古今
而且可以总结兴衰
检讨成败

古今中外
多少王朝的兴起和灭亡
在您的讲授中重现眼前
多少血腥的杀戮和阴谋
在您的分析中原形毕露
从野蛮到文明
从落后到先进
一代又一代古人
走得好辛苦
从挨打到强盛
从跌倒到爬起
一个又一个民族
站立得好艰难

上您的课

是一种享受

可以在历史天空遨游

放飞美丽心情

也可以在历史长河漂流

变得更加成熟

注：蒋桂平，北京市一零一中学初二年级历史老师。

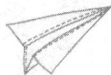

任丽琦老师

如果我是细胞
您就是那营养物质
供养着我
如果我是绿叶
您就是那一束阳光
哺育着我
如果我是花朵
您就是那园丁
培育着我

您年轻漂亮
动人的眼睛十分可爱
面对淘气的同学们
您表面特严肃
内心却充满关爱
在课堂上
您总是那么入情入景地
讲述着生物的奥秘
让我寻求知识的渴望
就跟我对大雁南飞的向往一样

注：任丽琦，北京市一零一中学初二年级生物老师。

❧ 崔旭东老师

您是那样帅气
干脆利落，言简意赅
严密的逻辑感
句句都击中要害

课堂上您要求最严
我们却最开心
我们像研究 DNA 一样
找到了学习生物的密码

每天中午您都要补课
因材施教，对症下药
让成绩好的更优秀
让成绩差的好起来

您犀利的目光
仿佛看透生命的本质
我们在您的目光里学习
浑身都是满满的动力

注：崔旭东，北京市一零一中学初二年级生物老师。

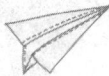

翟晓舟老师

您教会了我们
打开认识世界的窗口
走向科学的百花园
学习普遍性的常识

大到宇宙
小到基本粒子
那么多有趣的事物
谁又能搞得清楚
您因材施教，教导有方
用最好的教学方法引导我们
"判天地之美，析万物之理"

您课上对我的批评教诲
让我意识到自己的不足
意识到世界有无穷奥秘
等着人们去观察和实验

正是因为您
我感到物理不再枯燥
正是因为您

我对自己充满了信心
我一定要遵循您的教诲
早日找到
提高成绩的规律和定理

注：翟晓舟，北京市一零一中学初二年级物理老师。

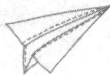

侯丹老师

第一次上您的课
就喜欢上了您
在您的辅导下
我不再发愁英语

您的语速极快
像是倍速播放
您的信息量极大
但却不难理解
您讲解课文和语法
常回忆自己的学生生活
您小时有趣的故事
让我联想到自己
您学习时的趣闻
让我找到了知音

您是一个美女
却自称丹哥
您美丽宛若天仙
却有男孩的性格

丹哥，丹哥
好亲切的称呼
每当学习英语
我就想起丹哥
每当成绩提升
我就感恩丹哥

注：侯丹，新东方教育机构金牌英语老师。

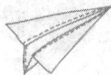

飞　天

—— 写给航天员景海鹏

景海鹏叔叔
您是一位心中牢记使命
永远前进的宇航员
您的话中
让我懂得如何筑梦
让我知道如何追梦
我也深深地记住
只要努力
就能让梦想成真

您飞天三次
每次都认真对待
每次都让我
无比震撼
在神十一上
您完成了一场
没有硝烟的战斗
完成了一次精彩的
太空之旅
这里畅快淋漓
这里扣人心弦

这里有惊无险
这里沉着稳健
这里也让人无语凝噎
这里有您的心血与汗水
这里也有航天人员的
信念与拼搏

您三次飞上太空
两次担任指令长
您三次飞上太空
三次见到宇宙
您与太空有挥之不去的情结
飞天
对于您来说
是责任，是使命
对于我来说
您的飞天
是骄傲，是自豪

"坚持坚持再坚持
努力努力再努力"
是您的座右铭
我一定会牢记心中
继续前进

飞天不是梦
是梦在飞天

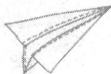

景海鹏

您是一名英雄
飞天英雄
圆了不知多少代人的飞天梦
您经过努力
飞上太空
时刻把祖国放在心中
您让我知道了
飞天不是梦
是梦也能实现
您也让我懂得了
只要有梦想
就会成功

当神舟七号飞上蓝天
有您的身影
当神舟九号见到宇宙
也有您的微笑
当神舟十一号
载梦飞天，成功返回
也少不了您的汗水
您是一名英雄
飞天英雄

让飞天不是梦
让太空中有了中国宇航员的姓名

飞天梦就是
梦的飞天

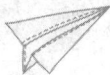

太空老师

——写给英雄航天员王亚平

看见英姿飒爽的您
首先想到的是
您在太空课堂授课的情景

那一年，那一天
您乘着神舟十号进入太空
成功地进行了首次
中国航天员的太空授课
您做的一个个实验
多么神奇，多么不可思议
漂浮亮相，太空称重
单摆运动，旋转陀螺
魔幻水球，水膜演示
每一个片断都令我刻骨铭心

那是听讲最专注的一次授课
那是方法最奇特的一次讲解
您像气球一样翻滚飞行
让我们看到了失重的情形
您面带微笑，逐一讲解

让我感受到了名师的风采
6000 万学生，同时凝望太空
您的那堂课创下了奇迹
多少梦想从此插上翅膀
飞向了科学的殿堂

小时候，您的梦想
是当一名老师
长大后，您却成了
英雄航天员
当穿上太空服
为祖国出征
您没有恐惧，没有害怕
心中只有责任和使命
只想着快去太空圆梦
您在太空成功授课
是向太空发出了
中国探索科学的名片

因为热爱，所以坚持
因为拼搏，所以成功
科学梦，张力无限
飞天梦，永不失重
英雄航天员王亚平
您是我心中最美的老师
是我心中最美的英雄
也是中国最靓丽的明星

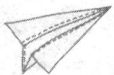

考 试

是命运吗
不是
但却是一个
决定性因素

而且
不像天才
只需努力
便可安心

校园的柳

美丽的校园中
你无处不在

进校门，你像两排卫兵
尽职尽责地守护我们
办公楼旁，教学楼间
你是沉默不语的朋友
和我们一起见证校园时光
少年湖旁，石碑柱边
你装点着蓬勃的生机
水中映出的
是一幅优美的风景画
音乐馆周围，施光南雕像两侧
你仿佛是一位艺术家
荡起充满诗情的歌
操场上，体育馆四周
你好似一位裁判
注视着同学们刻苦锻炼
你散落在各个角落
像无名的画师
默默地装点着校园的美丽

油画般的校园中
你无处不在
校园因你更加迷人
你因校园充满诗意

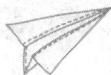

挥洒的青春

曾有一片草地
我们一起探讨人生
曾有一个操场
我们一起挥洒汗水
曾有一间教室
我们一起努力学习
曾有一张课桌
我们一起完成作业
曾有一个学校
我们一起见证奇迹

在青春的考场上
我们决不服输
拼了命也要啃下难题
攻下一个个知识堡垒
在青春的跑道上
我们奋勇争先
呐喊着也要超越极限
跨越一道道人生壁垒

挥洒的青春
与拼搏的故事
组成了一幅幅画面
成为定格在记忆中
永恒的光辉

在花季的年龄

在花季的年龄
我们相识在美丽的校园
你有你的人生追求
我有我的七彩梦幻

在花季的年龄
我们相知在美丽的校园
你把风趣幽默传给老师同学
我把开心快乐留在林间湖畔

在花季的年龄
我们成长在美丽的校园
你用歌声唱响青春歌谣
我用诗行抒发美好情感

在花季的年龄
我们圆梦在美丽的校园
你在成长的道路上收获成熟
我在知识的海洋里扬起风帆

第四辑

— 004 —

春天的歌

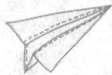

过 年

红红的灯笼挂起来
喜庆的对联贴起来
美丽的烟花燃起来
吉祥的气球放起来

漂亮的花馍蒸起来
年夜的饺子包起来
祭祖的香烛点起来
除岁的爆竹响起来

崭新的衣服穿起来
热闹的庙会逛起来
祝福的微信发起来
压岁的红包抢起来

欢声笑语闹起来
春晚节目看起来
亲人朋友聚起来
生活变化说起来

过年啦，过年啦
辞旧迎新唱起来
过年啦，过年啦
一切好运当头来

爆　竹

习惯沉默的你
平时从来不说话
人们欢庆佳节时
你才说出一句话

你一生只说一句话
一句言简意赅的话
你那震耳动心的响声
把美好的祝福全部表达

灯 笼

除夕夜，灯笼
用美丽的造型
用绚丽的色彩
守在大门
挂在阳台
为人们迎接
美好的未来

红红的
预示着吉祥
圆圆的
预示着圆满
高高的
预示着梦想
在新年飞起来

春 联

除夕，家家大门
都贴上了大红的春联
句子有长有短
文笔有实有虚
但都工整对偶
也都简洁凝练

一副春联
一幅精美的图画
上联，总结美好的过往
下联，畅想幸福的未来
横批是点睛之笔
道出了一家人的期盼

除夕，家家大门
都贴上了大红的春联
那喜气洋洋的楹联
装点着过年的风景
也装点着家家户户的心愿

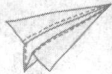

中国结

喜庆的春节
造型各异的中国结
装饰城市的风景
装饰乡村的容颜

大街上，小区里
广场上，超市中
小村口，农家院
到处都悬挂着
祈福的中国结
美丽的造型
象征对美好生活的追求
红红的色彩
表达着人们心中的祝愿

啊，中国结
与欢喜一起临门
寓意前程似锦美满团圆
寓意喜上加喜吉祥安康
寓意岁岁如意一生平安

春

雪化了，风暖了
花开了，草绿了
春天悄悄走来了

柳树枝条长出新芽
百鸟欢叫唱出新歌
暖暖的阳光照耀大地
山川河流涂上了新色

我的梦像春天的云朵
在蓝蓝的天空放飞自我

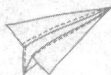

当新年的钟声响起

当新年的钟声响起
预示着春天的花即将盛开
即使冬日的严寒依然还在
也挡不住春日的脚步悄悄走来

当新年的钟声响起
预示着新的学期即将到来
同学们重新返回校园的时候
知识宫殿的新大门已经打开

当新年的钟声响起
岁月浪花洗去了旧日的尘埃
在辞旧迎新的那一刻
充满了对未来的祝福与期待

春　日

记忆中的春天充满诗意
总是有着辞旧迎新的含义
而春日鲜嫩的花朵和青草
总是开启了有生机的一年

当第一朵迎春花露出笑脸
当第一株小草伸出手臂
当第一缕暖风吹拂我的面庞
当第一场春雨淋湿我的头发
鸟儿的叫声
像是最美的迎春曲
总能在第一时间告诉我
春日已经到来
时间已重新起步

踏着春的脚步
我暗下决心
要将这春日以及往后的每一天
都认真对待

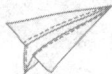

福字灯

一个福字，代表了幸运与祝愿
一个福字，代表了爱与期盼
一个福字，寓意来年幸福
一个福字，寓意一世平安

当红红的灯上画上了福字
像是添了一道吉祥的光
这灯被高高挂起
远处的路人看见
想起了家
远方的华侨看见
想起了祖国
新生的婴儿看见
仿佛点亮了生命的希望
年老体弱的人
也在福的照耀下舒心安详

一盏福字灯
把相隔很远的人
联系到了一起
把人们之间的爱

架起了沟通的桥梁

灯照亮了人们
如同月亮
福字点亮了爱
如同阳光
福字灯温暖了人心
如同故乡

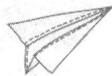

春天的歌

我喜欢开满百花的山野
在这个季节
所有的生命都开始萌生

玉兰是最早的使者
在寒风中预报春的消息
桃花杏花像魔法师一样
一夜间就染遍了山山岭岭
槐花枣花像细密的珍珠
用纤小的手笔写下优美抒情
弯弯的柳条用最柔情的长臂
在春风中舞起秀美的舞姿
鸟儿一阵阵飞过花海
甩下一串串争鸣的歌声

我喜欢开满百花的山野
在这个季节
所有的生命之旅都开始启程
春风是流动的号角

所到之处
流淌的尽是温暖的真情

我在春天里一次次歌唱
歌唱爱满人间的绮丽风景

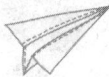

觅江南　寻苏州

建筑镶嵌在山水中
庭院浓缩在画廊上
古色古香，一步一景
蓝天白云，青墙高檐
绿树红花，水墨晕染
一处风景一幅画
一幅画中一风景
画中有人
人在画中

长廊曲径通幽
亭台此起彼伏
碧水清波，九曲回殇
才子佳人，良辰美景
好似一幅写意水墨
一滴一点，都晕染心间

童年的故事
静静隐没在冷巷之中
儿时的记忆
默默挽留在山水之间
藻耀高翔
还记得飞角半亭清新秀雅

飞檐起翘
还记得江南古楼黛色小瓦
吉祥之意
还记得门楼横匾娟秀蔓草
水墨苏州
还记得那抹清韵浸染心田

我
还要在那古韵里觅江南
在水墨里寻苏州

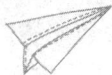

水墨风情

热烈的是那田间的油菜花
寂静的是那粉墙黛瓦
小桥流水，如一方清韵
记在心间

徽州，最美的是那雨
细丝朦胧
笼住这个小巷
让本来一切的浮躁都变了
湿了粉墙黛瓦
湿了雕花的屋檐
湿了高耸的马头墙
湿了廊前的紫薇，古镇轻柔的眼眸
人们的心灵仿佛在那一刹那
被细丝般的雨洗清了
露出了心灵释放后，久违的微笑

徽州，最美的是那人
他们保留住了最原始的风貌
最宁静的小镇，最安详的面庞
无数的才子们从这里走出
造就辉煌

捧一鞠春泥芬芳

听一段黄梅轻唱

偷一缕霞光

一个人走在古道上

心在古城水乡的梦里游荡

梦里画了一夜的花

却不知在皖南春天里

涂抹什么色彩

庄严的木门

古典的牌坊

在古巷的年华里

诉说着历史的

岁月沧桑

第五辑

— 005 —

乡下风情

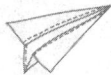

黄河（一）

水真急
浪真大
汹涌着流进
我的梦乡

浑浊的水中
有你磅礴的气息
有你生生不息的力量
有你挥之不去的中华情结
有你给我的黄河梦

气势磅礴的你养育了中华
生生不息的你抚摸着大地
浪涛不绝的你拍打着大坝
健美强壮的你敲击着我的心田

水真急
浪真大
不断地洗染
我的童年

黄河（二）

爷爷小的时候
在河岸拉纤

爸爸小的时候
在河岸筑堤

我小的时候
在河岸看风景

路

路以前很脏很脏
现在却干净整洁
以前路面走的是牛车马车
现在跑的是汽车自行车
路的历史
见证时代的变迁
见证文明的演进

一条长长的路
一头是贫穷
一头是富裕
一条延伸的路
一头连着过去
一头通向未来

路的变化
就是一部历史
带着我们
走向新的辉煌

开在记忆里的花

岁月染上白雪
留念沾染了风
欢笑与苦涩共处
青春与孤独同在

彩虹依然是那样
只不过
盖上了午后的浓雾
虚无缥缈
覆盖了童年的印象

那地方还是那样
一切似乎没变
笑容还是一样
天真爽朗
然而，儿时的街巷
却封上了童真的门窗

岁月染上白雪
留念沾染了风
欢笑与苦涩共处

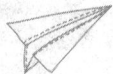

青春与孤独同在
那里是离成熟最远的地方
那些开在记忆里的花
让快乐时光成为永恒

老 家

老家的河叫黄河
年年岁岁从村边流过
老家的村叫荣河
有许多故事和传说

爸爸从小在老家生活过
记忆里满是贫穷和苦涩
一望无际的黄土坡
开心的记忆不太多

我回到老家的黄土坡
开心的事儿特别多
奶奶说起过去的事儿
就像是讲遥远的传说

老家的村叫荣河
乡人们的欢乐像首歌
老家的河叫黄河
浪花里唱着幸福的歌

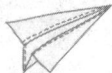

海　边

永远不停歇的
是海浪的歌唱
永远不说话的
是宁静的月亮

游人们沙滩漫步
渔人们出海撒网
清早的晨曦和落日的余晖
在幸福的时光里依次出场
给无边的海面披上金光

海边、渔村
是我旅途中一个渡口
却是渔人们
永远的故乡
无边的大海，澎湃的海浪
荡漾着他们的快乐和忧伤

故　乡

故乡靠着一条河
那条河叫黄河

水真急，浪真大
黄河岸边是黄土坡
坡上坡下
留下了爸爸的童年
留下了爸爸的苦涩和欢乐

每一次回家乡
我都要和爸爸一起看黄河
登上秋风楼
灵感特别多
黄河像一首古老的歌
祖祖辈辈的家乡人
都是歌里的故事和传说

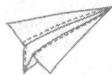

小 屋

小屋里
没有富丽堂皇
没有山珍海味
没有时尚名牌
却有
普通的家常菜
暖人的温馨
母亲的爱

看　海

那年
您牵着我的小手
拉我去看海
当海风轻拂过我的脸颊
我开心地笑了

今年
我牵着您的大手
拉您去看海
当阳光照射在您的面庞
您幸福地笑了

小　巷

古老的小巷
在蒙蒙细雨中
宁静而幽长

凹凸不平的青石板
说不清有多少代人
曾在上面踩过
布满苔藓的高墙上
岁月的刻痕依稀可见
模糊了曾经的风光

雨中，一个孩子跑进小巷
将青涩记忆踩得破碎不堪
那些古板而苍老的元素
统统化成了生命的力量

乡下风情

黄土高坡，千沟万壑
永远是那壮阔的气魄
青墙黛瓦，苔痕上阶
永远是那不变的风格
浓浓方言，纯朴风情
永远不会被随意切割
祖祖辈辈，喜怒哀乐
永远都在记忆里沉默

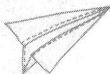

献给姥姥

您的爱

是一碗浓浓的粥

温暖无限

细腻而甜美

您的爱

是一弯新月

柔和的月光洒向天地

时间印记已爬上霜鬓

在您的眼角泛成美丽的涟漪

让爱流成河

让心永连心

岁月无痕，亲情永恒

母 爱

母爱是一首歌
优美的旋律
歌唱着我幼小的心愿

母爱是一幅画
绚丽的色彩
勾画着我七彩的梦幻

母爱是一本书
沁人的墨香
书写着我成长的诗篇

母爱是一首诗
动人的意蕴
营造着幸福的内涵

母爱是一棵树
舒展的臂膀
搭建着爱心的乐园

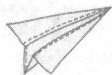

母爱是一盏灯
漆黑的夜晚
点亮了黎明的灿烂

母爱是一条河
奔腾的浪花
流淌着我欢快的童年

母爱是一叶帆
高高的桅杆
悬挂着远航的罗盘

给母亲的一首诗

母亲的爱是一条河

我是河里的小鱼

小河孕育了我的生命

母亲的爱是一片海

我是海里的船

大海支撑起了我的帆

母亲的爱是一场春雨

我是雨里的草

春雨滋润了我的心灵

母亲的爱是一本书

我是一个学生

书本给我指点了迷津

母亲的爱是青松

坚定顽强

母亲的爱是大地

广阔无边

母亲的爱是蚌壳

孕育瑰宝

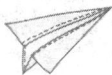

母爱是伟大的
白天，母亲是太阳
给我温暖
夜里，母亲是星光
为我带来希望

每一位母亲
都很伟大
母爱，犹如小溪
流淌着爱的旋律
母爱，犹如一切
谱写着生命的赞歌

妈妈的爱

如溪流，一丝一丝
在我的童年流过
如花香，一缕一缕
在我的世界流淌

每当我犯错，您的教诲
总让我在迷茫中看到希望
每当我生病，您的陪伴
总让我在痛苦中感到温暖

儿时的岁月，妈妈的爱
听在耳边
看在眼里
记在心间
成长的旅途，妈妈的爱
给我呵护
给我力量
给我方向

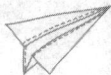

家（一）

印象中的你
是充满爱的地方
书本里的你
是避风的港湾

我知道
这个家与我童年密不可分
想想那时
我随着一声哭喊
来到世界上
家欢迎了我
当我懂得道理时
家教会了我做人
当我有了目标时
家给我方向

在我的心里
家早就不是避风港那般简单
家早就成为了
我心中的信仰

家（二）

海洋是浪花的家
天空是白云的家
森林是小鸟的家
草原是花朵的家
高山是冰雪的家
河流是鱼儿的家
哨所是士兵的家
祖国是我们的家

浪花为海洋伴奏
白云为天空飘荡
小鸟为森林起舞
花朵为草原化妆
冰雪为高山流泪
鱼儿为河流飞跃
士兵为哨所奉献
我们为祖国歌唱

心中有家
家里有我
我爱我家
我爱祖国

第六辑

— *006* —

四季抒情

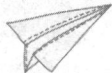

野草（一）

最不值钱
却最珍贵

每一株
都显得弱不禁风
千万株连在一起
却装点了大地

在山水之间
野草手挽手
尽情地构筑
无边的芳菲

我赞美野草
它的默默无闻
它的无处不在
让荒芜的世界
充满生机

野草（二）

你不是我记忆中高贵的代表
你从不需要光鲜亮丽的辞藻
你只是万山丛中
那绿油油的普通野草

野草那顽强的生命
告诉我
不仅要"野火烧不尽，春风吹又生"
也要"林花扫更落，径草踏还生"
给自己一个忘乎所以的勇气
一时的衰落
不代表永久的消逝
就如同野草
经过严冬
依旧能迎来下一个春天

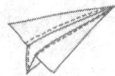

风

春日
你和气
留下的是暖暖的爱
夏日
你热烈
留下的是咸咸的汗
秋日
你凉爽
留下的是七彩斑斓
冬日
你凛冽
留下的是冷漠呼啸

四季风
四种性格
每一季风
都让人有不同感觉
每一季风
都刮起的是
生活和世界的本色

花丛中美丽的你

花丛中美丽的你

是否还在忙碌

穿着黄黑衣服

像一个小天使

为花朵们辛劳

不求回报的你们

在收获季节

用丰硕的果实

表达世间少有的真情

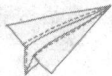

野　花

听不到你的抱怨
只会看到你展示
奉献暗香的决心
看不到你的娇气
只会看到你留下
生命绽放的痕迹
听不到你流泪的声音
却都知道
那是清晨的露珠
听不到你攀比的喧哗
却都明白
那是生命的美丽

不需修饰
便露出纯真的笑
野花
你教会我
不要攀比
不加粉饰
才是最宝贵的记忆

昙花绽开

整株绽开
透着幽幽的香
虽没有月季的亭亭玉立
也不如梅花姿态绮丽
但却有着高雅端庄的气质
那浩浩的白，圆润而晶莹
那点点的黄，明艳而动人
难遇的短暂的清丽姿态
秀压群芳，刻骨铭心

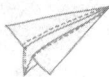

昙 花

花期很短
经历长久的沉寂
在最恰当的时候
用最恰当的方式
给尘世
一抹清净，一点孤傲
一缕感伤，一种感动
正因此，才给人
太多感慨
太多喜爱
太多敬佩

人们说
"刹那间的美丽，一瞬间的永恒"
昙花为这美付出的代价
便是生命的凋谢
生命，理应如此
美，理应如此
再娇艳的花
也会一天天老去
倒不如像昙花一样
用短暂的一刹那
装点世间的芳华
给人留下无限的怀恋

花儿开了

花儿开了
美丽的颜色染了
花儿开了
宁静的幽香散了
花儿开了
山谷的鸟儿叫了
花儿开了
带来了春天的梦想
也在幽香的道路上
指明了要走的路

花儿开了
犹如人生绽放
花儿开了
做最好的自己

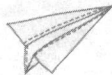

花海之下

总期待着有一片
与众不同的花海

那次，在植物园
我终于见到了你
七彩缤纷的花海
无论是香气还是模样
都是最令人难忘的
于是我
认真地拿起了相机
将你
定格在我美丽的回忆中

几年后
再次来到花海之中
拿起相机
又看到了幼时的你

你没有变
还是老样子
而我已经长大
迈开了人生的脚步

露 水

辛勤的你
第一个与太阳见面
在晨曦中楚楚动人

透明的你
对生命的本色
毫不掩盖

奉献的你
为沐浴阳光的花草树木
留下一天中最湿润的回忆

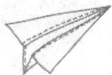

春之颂

悄无声息
来到人间

用无限的温暖
用花儿的笑脸
用鸟儿的歌声
唤醒沉睡的万物
这就是春

用温情的春风
用清凉的春雨
用轰鸣的雷声
催生新鲜的生命
这就是春

我喜欢自然

你给我的
我无法偿还
我喜欢自然
我喜欢你的
花鸟鱼虫
山水森林
喜欢冬日严寒
喜欢夏日烈阳

你给我的
我倍加珍惜
我喜欢自然
因为你的一切
都是从不装饰
毫无隐藏的
最真实的本色

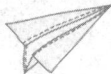

希望像那美丽的夏日

希望像那美丽的夏日
永远是直截了当
也许烈日当头
也许雨猛风狂
用炽热融化的人心
能焕发出无比的力量

希望像那美丽的夏日
永远充满生机
无论多么炎热
无论怎样炙烤
大地萌动的活力
会生长出灿烂的景象

希望像那美丽的夏日
永远积极向上
绿树伸展着手臂
田野荡漾着花香
百鸟飞舞的旋律
回荡着收获的欢唱

秋天的故事

当萧瑟转为凄寒
当凉爽变为刺骨
当黄色的叶逐渐掉落
秋天的故事，变成了冬日的风景

经历过春日的萌动勃发
散发过夏日的生长激情
秋日满满的收获之后
迎来冬日的安详与宁静

当美丽的白雪覆盖了大地
当平静的湖面结起了坚冰
当时光在寒冬中缓下脚步
秋天的故事，变成了冬日的风景

秋之颂

在我眼里
你仿佛
借来了魔法

你的手轻轻一拂
树叶要变黄
小草要枯萎
冬天要到来

秋的思念

记得，那个秋天
来得那么早，那么早
走得那么迟，那么迟

当我到来
它已经用
满山的红叶
干爽的天气
来表达了它的热情
秋，总是那样
给人那么多果实
从不图回报

在秋日的公园
在那古旧的长椅上
有些灰尘
有一个人
抱着熟睡的孩子
轻轻地躺在上面
我想
那孩子应是听着

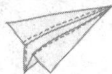

蝉的声音入睡
闻着秋的味道
竟睡得那么熟，那么香

我用我的笔
一笔一画
认真地勾勒出
秋的样子
秋是一幅有情的画卷
它让我与游人同赏
每一次都
沉醉其中
感觉特别好

流年的时光里
曾几何时
踏着淡淡的幽香
为自由而寻寻觅觅
我在心里
不停地默念
珍惜吧
又是一个丰年的秋……

桂花香

远处的桂花
在飘香
月下的我
在默想
不知不觉
到了广寒宫
看到了月兔
还有那嫦娥
在嘻嘻地笑

桌前的月饼
盘中的月光
轻柔地散发着
桂花的芳香

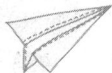

雪

悄悄地你来了
就像你悄悄地走
"瑞雪兆丰年"
你"兆"来了希望
悄悄地你来了
就像你悄悄地走
给大地留下一片洁白
给无数人微笑
悄悄地你来了
就像你悄悄地走
给田地一片无垠
给我一片纯真
悄悄地你来了
就像你悄悄地走
给空气一片童话的梦
给树一股童话般的魅力
悄悄地你来了
就像你悄悄地走
自己没有带走什么
却留下了一片纯净
悄悄地你来了
就像你悄悄地走……

霜

清晨醒来的时候
你已经忙碌了一夜
当我准备好开启一天的时候
你已经消散了

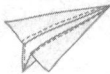

冰雪消融

我等
严冬过去
春季到来

我等
冰雪消融
生命绽开

腊　梅

早在那个下雪的清晨
你在我熟睡的时候
便悄悄绽放出黄色的瓣
露出娇羞的蕊
等我起床的时候
你已经开始流溢出
美丽的芳香

你也许是在告诉我
冬日里新的一天
正从腊梅花香开始

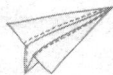

梅 花

在最寒冷的北国
当万物收敛了生机
你悄悄鼓出新芽
当百花已经冬眠
你开始俏丽绽放

在白茫茫的雪地里
你用最鲜艳的红色
迎接了年轻的我们
用最挺立的身姿
向追寻理想的我们
展示最美好的希望

四季柳色

春

客舍青青柳色新

古人眼里的你

跟现在相比

没有变化

依旧枝芽密密麻麻

星星点点

在春雨中

把大地擦洗得一尘不染

夏

五湖烟柳万丝垂

你依旧一如既往

鲜鲜亮亮，闪闪烁烁

在艳阳中

将大地映衬得

生机勃勃

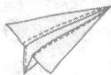

秋

欲挽长条已不堪
秋日的你
在我眼里
叶子是黄色的
但依旧改不了
迷人的风情
你的摇曳，你的掉落
在秋风中
给大地披上了
彩色的睡衣

冬

丝丝柳带露初干
开始记事时起
你早就是这般模样了
柳条银装素裹
放眼白雪皑皑
冬雪中，你的婀娜
将白茫茫的大地
装点得更加晶莹剔透
大地穿上了你赠予的落叶衣
开始了冬眠

为迎接下一个
美好的春天
枝条干巴巴的你
瑟瑟发抖站立着
在寒风中探望
远方的消息

第七辑

— 007 —

梦中风景

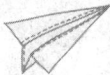

夜色馨宁

多少个无眠的夜晚
有一片云
承载着年少的梦

夜色馨宁
一抹月光照在了窗台
我站在窗前沉思
万千思绪
与明月遥相呼应

夜色馨宁
一丝清风悄然莅临
一片花瓣
落在了我的窗前
犹存的余香
抚慰我飘摇的心

夜色馨宁
有无限的遐想
在书桌前产生

天外的世界

小时常幻想天外的世界
总觉得云端有着秘密
上面有人，有城市
和地面上的情景不一样

总觉得如果自己插上翅膀
就可以飞翔
想象着
等到了天上
生活又会是什么样
天外的世界
一定很神奇

天上果然有街市
天上果然有人，有美景
我说对了，果然有
我露出了开心的笑容
不知不觉
我突然惊醒
原来只是梦啊
那天外的世界
到底是什么样呢

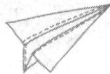

云

站在山顶

白茫茫一片

不分虚实

亦不分真假

云在雾中

雾里显现出云的缥缈

像把虚的变成实的

像把实的变成虚的

俯眼望去

浩瀚云海一望无边

抬起头来

满眼云烟若隐若现

烟

虚无缥缈
你最接近虚
却永远达不到虚
你最接近实
却永远不是实

你的神奇使命
就是在虚与实之间存活

月　亮

月亮，你悄悄地告诉我
你可以在漆黑的夜
照亮人们的路
你的光可以打透
人们的心

这个世界就是这样奇怪
你只是借了太阳的光
便在黑夜点亮了微弱的希望
你并不温暖，也不明亮
而那么多人
却为你感动
为你感伤
那么多名篇佳作
因你而光耀千古

梦（一）

是真实

亦或虚幻

是冷清

亦或温暖

是黑

还是白

是相遇

还是错过

梦有时候真实到我们无法自拔

有时候连自己都觉得不可思议

梦永远是一个

真正自由的空间

喜怒哀乐

悲欢离合

剧情连接得

天衣无缝

与现实相反

梦里可以飞

可以做天使

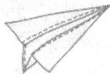

可以遇魔鬼

可以想象平时得不到的一切

可以神游千里雪山

可以梦回遥远故乡

平时的难题

进了梦里

都会被一一化解

高山大海

瞬间变得微不足道

命运是无法改变的事实

从生的那一刻起

结局或已经注定

梦里

可以为自己设计一个完美的结局

只要想变换角色

随时可以改变剧情

梦（二）

既清晰
又朦胧
既有影
又无踪

不论你怎么去描绘
都说不清我的样子呢
不论你多么想看见
都抓不着我呢

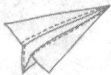

圆 梦

那年花开
我漫步在醉花阴中

那年月圆
我行走在青春年华里

那年圆梦
我写下了浪漫诗行

美丽的梦

捉住美好
仿佛就在那一瞬间
心中有希望的人
都会用双手
为自己编一个捕梦网

在床头
是我的一片心
在梦里
美丽碎了一地
你却为我
一片片拾起
再装回梦里
而我
也露出了安详的微笑
我用双手
为自己编了一个捕梦网
去用它
偿还一个少年美丽的梦

中秋月（一）

看中秋月
慢慢升上来
柔情的月光
将我们的思念
连在一起

月光皎洁
洒在你我的窗外
屋内
是一家又一家的
欢声笑语

中秋月（二）

相聚的时光
既短暂又温暖
我想象的美满
就是和爱的人
在同一处

月光皎洁
洒在我的书桌前
隔绝了
屋外的孤独与凄凉

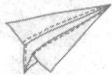

月亮爬在我的窗外

月亮
在寂静的夜晚
爬上了我的窗台
当你冰冷的柔光洒向我
我感受到的
是温暖

夜深了
你还在
你成了我的第一个支持者
你成了
在每一个夜晚陪我的伙伴

看着月亮在窗外

我在清晨
看着太阳从海面升起
我在中午
看着太阳当空高照
我在傍晚
看着海边日落西山
等着月亮爬上来

看着月亮在窗外
总想起
嫦娥的故事
妈妈口中的童年
她像是一位饱经沧桑的老人
慈祥，和蔼
将柔情
洒了一地
我总是选择捡起
轻轻地
想让月光
陪伴我的一生

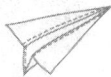

洒了一地的温暖

每当傍晚
你就勤快地从海上出来
每当夜深
你似圣诞老人
将你的温暖分成份儿
逐一分发给每一个家
还有那
洒了一地的温暖
洒了一地的思念

孩子们的期盼

儿时的我

总觉得你辛勤，劳累

总想着你能不能歇几天

再在夜晚升上来

但是，没有你的夜晚

注定荒凉

孩子们都期盼

你能够早早升上来

能够早早地

分发幸福

分发美满

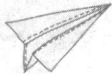

今夜好梦

圆圆的月儿
悄悄地
守在了我的床前
无意中
带给了我
一夜的好梦

广寒宫的年华

飞向了你的大地上

闻着桂花飘香

看着飞雪满天

玉兔在桂花树下玩耍

我仿佛看见了你

仙境里的嫦娥

你的形象

在妈妈的故事里

你的容颜

如月亮般纯洁

而广寒宫

为什么那么刺眼

睁开眼时

周围还是我熟悉的卧室

一抹月光照在了我的脸上

照进了我的心里

让我想起

梦中

广寒宫的年华

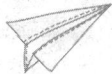

咏 月

我依窗而立
望天宫明月
柔光如水
浸润着我的想象

依稀中，古人踏月而来
口中吟唱着自己的得意之作
李白捋捋胡须，声音中透着浪漫
"床前明月光，疑是地上霜
举头望明月，低头思故乡"
杜甫沉思中充满忧愁
"露从今夜白，月是故乡明"
苏轼酒醉后举杯向天长叹
"明月几时有，把酒问青天"
王昌龄在马背上吟唱
"秦时明月汉时关
万里长征人未还"
丢了江山的李煜哀叹
"小楼昨夜又东风
故国不堪回首月明中"
多愁善感的李清照

用特有的风格对月抒怀
"半笺娇恨寄幽怀
月移花影约重来"

与古人对月畅谈
思绪随风飞扬
啊，月亮是一面镜子
照见了千年风雨
照见了千古兴衰
照见了亘古不变的
思念和别愁

第八辑

— 008 —

生活哲韵

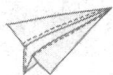

光　明

阳光照在大地身上
分外明亮
不过
我希望
把这些光送给黑暗中的人
因为有光明的地方
黑暗才会离开

种下一粒种子

以前我种下一粒种子
不知道能否变成参天大树
不知道能否变得郁郁葱葱

过去我放下一枚鸡蛋
不知道它能否拥有呵护
不知道它能否在林间孵化

今天我埋下一点绝望
不知道能否让世界变得充满生机
不知道能否让更多的人自信顽强

相信播种就会有回报
只要种下希望的种子
就能收获胜利的果实

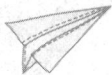

罪　恶

罪恶在于一瞬间的错误
而它的一切
源于过分的仇恨

如果用友爱化解仇恨
罪恶将无处藏身
世界将更加美丽

有一只船

有一只船
之所以不能航行
因为它的风帆破了

有一朵花
之所以不能透出美
因为它没有颜色

有一棵树
之所以没有被人喜欢
因为它枯了

有一个人
之所以没有被重视
因为他缺乏诚实

生活中
要做那最好的
才会
被别人尊重

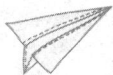

牌

牌
是随机的

不论你抽到哪张
都是命运

不论你承认与否
都是结局

密 码

或猜不出来
或本来就知道
不论你如何去解锁
都是一生

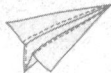

爱

一

梦中
抬眼
一片迷雾
阳光倾泻万里
明丽
爱的温热

二

冬日的美丽
一场飘雪
染白草原的魂魄
独酌岁月的蹉跎
白雪
爱的颜色

俄罗斯方块

你教会我

应该懂得独立

懂得自主

更应该

去维护心中的天地

而不被常理所困惑

因为

如果没有棱角，就会消失

学会知足

无穷无尽地争抢
无穷无尽地索取
人的痛苦
都是源自不满足

学会知足
世界上的一切
就会变得幸福
学会付出
就会庆幸
每一次意外的相遇

风 采

海的风采
不在于它汹涌澎湃的时候
而在于它平静时

花的风采
不在于它有多么争奇斗艳
而在于它的香味

树的风采
不在于它绿不绿
而在于它有没有气质

人的风采
不在于他有多么才华出众
而在于他有没有不拘小节

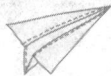

固　执

有时候人需要固执
固执使人执着
不论是坚持所走的路
还是追求心中的真理
执着的人容易成功

如果一旦固执过度
固执就使人偏执
不论是对待思想的碰撞
还是争论做人的道理
偏执的人都容易钻进死胡同

埋　怨

我一不小心
把杯子里的水
洒在了地板上

妈妈看见后说
爸爸洗脚
总是不擦地

爸爸看见后说
妈妈洒了水
总是不擦地

唉，人们总是相互埋怨
是对方做错了事
却很少思考
错事是谁做的

萤火虫

那在夜色中闪烁着的
是你吗，萤火虫

你这黑暗中的精灵
舞动着纯白的翅膀
让寻找希望的眼睛
看到幽然的美丽

感谢你，萤火虫
飞行在黑暗中
用微弱的光
告诉我
什么是希冀

珍藏快乐

幼儿时的快乐
是冲刺在大院的滑板车
是摇晃在阳光下的秋千
是画画时的天马行空
是弹琴时的幽雅婉转

小学时的快乐
是在跳绳队训练的花样
是在国旗下讲话的自豪
是在大海边游玩的留影
是跟着爸爸背诵的诗篇

中学时的快乐
是在课堂听老师传授新的知识
是在课间和同学讨论难题答案
是挥洒的汗水得到回报的喜悦
是在假期和家人一起回家团圆

不一样的成长阶段
一样的欢声笑语
都会在成长中
给我前行的信念

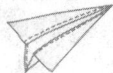

精心珍藏
每一段岁月的快乐
精心珍藏
将快乐永留心间

笔

留下历史
记录了一个王朝

留存光阴
记录了自己的年华

留住梦想
画出写出
一个又一个奇迹

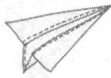

告别过去

从现在回首从前
往事变得微不足道
过去的已经过去
再也无法回去
告别过去
就要不留一丝羁绊

现在变得不害怕了
也不用再躲
过去了，就让它
融化在天际
从此不再牵挂
展望未来
希望正冉冉升起

追 寻

有那么一片天
留住了孩子们的笑语
有那么一缕阳光
温暖了我幼小的心
有那么一片星海
闪烁着我的梦幻
有那么一股清泉
流过我干涸的心间

世界多么美好
带来光辉
给犯了错的人
一个改过的机会
世界多么美好
带来温暖
给缺少爱的人
一个心灵的安慰

啊，趁着年少
赶紧去追寻
追寻纯真的世界
善良的人心
啊，趁着激情
赶紧去追寻
追寻纯真的世界
温暖的真情

真　理

都说你掌握在
少数人的手里
但事实告诉我
很多人都知道真理
所谓的少数人
只不过是他们
一直在追求真理

成　长

需要成长的不仅是身体
还有知识

需要修养的不仅是品行
还有心灵

需要呵护的不仅是自尊
还有灵魂

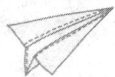

拍岸浪花

一朵一朵
是云，还是浪
海里那蓝
已经变成了白色的泡沫
拍岸的浪花
在这块礁石上
留下了
自己的气息
无数次地拍打
或许只是为了
更深刻的记忆

海 风

渔民们在海上多么自由
出海打鱼，扬帆远航
一阵海风吹过
涌起一道道波浪
他们撒网的身影
像是美丽的剪影
他们欢快哼唱
抒发着对幸福的向往

听着那纯朴的歌谣
沐浴着凉爽的海风
我陷入了沉思默想
正是这永不停歇的海风
年年岁岁，岁岁年年
见证了渔人们的生活
一天天走向幸福安康

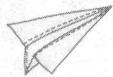

怜悯

人
有了怜悯
一切都会美好

就如同
一心想要一只小鸟
得到后
却一心想要放掉

就连自己
也解释不清
其中的原因

时光如流

岁月不居，时光如流
有些人，有些事
都只会随着时间
渐渐被冲走
远离记忆的港口

而那如砂石般
渺小的一刹那
又如何能被停留

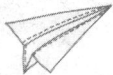

织 网

用梦去织网
用网去捕梦
用心去织网
用网去连心
用爱去织网
用网去执着
用光去织网
用网去接光
用思想去织网
用网去表达

温　暖

生活中并不鲜见
得到它也很简单

一杯咖啡是温暖的
一缕阳光是温暖的
一个电话是温暖的
一条微信是温暖的
一句问候是温暖的
一句祝福是温暖的
一丝情韵是温暖的
一分想念是温暖的

温暖的感觉
尽管很简单
它却能让我们
纵使相隔万里
犹如就在眼前

第九辑

— 009 —

百味人生

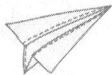

同行（一）

一条漫长的路
无数人踏过
一颗热血的心
顽强地澎湃

人生的路上
你与我同行
生活的坎坷
你拉我越过

命运将两个人
安排在了一起
脚下的路越长
友谊的海越阔

同行（二）

有了同行的人
便不再孤单
即使风雨淋湿了行装
有了同行的人
便不再迷茫
即使黑暗遮挡了阳光
有了同行的人
便不再担心
即使暂时看不到希望
有了同行的人
便不害怕一切
取而代之的
是无边的力量

与人同行
不再害怕
不再恐惧
两个人同行
总比一个人坚强

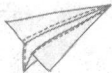

鹰

合上翅膀
是慈祥的母亲

张开翅膀
是凶猛的猎手

历史书

很大很大
很重很重
充满刀光剑影
充满血雨腥风

每翻一页
都是人物的一生
每读一章
都是朝代的兴亡

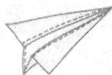

游　戏

是否被别人操控
我不知道
便按着想的
去做

最后才知
操控我们的
是自己
如同游戏

❧ 故事书里

故事书里
流露出的真情
有喜怒哀乐
有悲欢离合

团聚，离散
都是结局
仿佛早已注定
一切都无法改变

被安排的生活

我从不喜欢
被束缚
也不喜欢
被安排

但是往往却不是这样
仿佛永远是被安排
往往不知道自己的命运
下一秒会发生什么
也无法预测每一个明天
是风雨交加
还是云散雾开

岁月遐思

盛世繁华，世态变迁
在如水的岁月中流逝
亭台楼宇，残垣断壁
记载着曾经的辉煌和无耻

多少帝王
曾经想要千秋百代
却都没有逃脱覆亡的结局
多少富人
曾有过醉生梦死
却都没有留下骄傲的痕迹

浪漫的李白
忧郁的杜甫
还有冷冷清清的李清照
却用文字的宫殿
给后人留下了无限的神往

还有司马迁
用心血淬火的史笔
在缥缈的历史云烟中
把那些兴亡的风云
牢牢抓住
留在了人类的记忆中

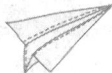

路　人

教科书上的概念
仿佛永远也说不清
父母的叮咛
仿佛一刹那忽然悟懂

他人的世界里
自己也许是路人
在自己的世界里
你永远是我的路人

你不停歇
或许只是为了更好的等待
与你擦肩而过
或许只是为了更好的未来

人　性

当一切修饰
都被抹去后
流露出来的
才是真实的自己

善良的人性
不需要讴歌
便展露出光彩
不需要修饰
便散发着魅力

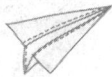

旅　途

在那一声啼哭里
我出生了，那一刻
我就开始了自己的旅途
踏上人生的征程

踏上人生的道路
琐碎小事已如过眼云烟
踏上人生的道路
我会一直不知疲倦

人生就像一部书
要用心虔诚地阅读
人生不像旅游
一路都遇到美丽风景

生命中有风雨相伴
才能留下不落幕的记忆
才能将一切艰难险阻
刻画成永久的美丽

人生中

人生中
总有一处好风景
不经意间来到了我的身旁
或是海滩上未落的太阳
或是大山上高悬的月亮

人生中
总有一段好时光
不经意间来到了我的身旁
或许是童年简单的欢笑
或许是同学们在一起欢唱

人生中
总有很多好事物
不经意间来到了我的身旁
或许是期末考试中的高分
或许是体育竞赛中的奖状

在人生的道路上
好风景，好时光，好事物
遇到了，便不松手
紧紧握住一切，不断努力
莫让成功的机会白白流淌

万花筒

人生的万花筒
美丽，神奇
凝神探望
总会有很多的谜底

生命的万花筒
多彩，奇妙
随时扭转
都会有另一种结局

聆 听

鸟儿聆听了天空的秘语
筑好了巢

树儿聆听了大地的声音
长出了叶

鱼儿聆听了小溪的歌声
繁育了后代

我聆听了父母的叮咛
拥有了多彩的人生

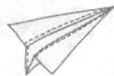

成　熟

成熟就是
什么都懂
但是却什么都不说
或是装作
什么都不懂的样子

雨

窗外的雨下大了
我手托着下巴
静静地看着
银线般的雨丝

儿时的幸福时光
如同密密的雨丝
一直没有停过
一直细细地掉落在
生命的记忆里

有一种

有一种遇见
淡淡的
却把温暖留在心间
有一种感觉
甜甜的
却把爱放在心里
有一种想象
暖暖的
却把成功牢记在心中
有一种提醒
凉凉的
却是对我们无私的爱

有一种友情
从来不需要表白
有一种信念
在隐约中徘徊……

✍ 莫 言

我对爸爸说
莫言
顾名思义
就是不要说话
不说话
怎么能写出
那么多好书
不说话
又怎么能
获得诺贝尔文学奖

爸爸说
莫言是个大作家
大作家怎么能不说话呢
莫言只是一个笔名
一个含义深刻的笔名
莫言的意思
并不是不说话
而是不说假话

啊，我明白了
如果莫言真话
一定满纸荒唐
如果莫言假话
必然字字千金

外卖小哥

骑着电动车
戴着头盔
穿着厚厚的工作服
穿梭在拥挤的车流里

接单，提货
飞奔，送达
雪天，雨天
从来没有停歇

那一次出了差错
那个外卖小哥
给妈妈和我反复道歉
请求我们千万别投诉
不然他一天的辛苦
全白干了
那真诚的眼神
令人同情

没有人知道
他和他的同伴们

好多是大学生
甚至是研究生
因为找不到工作
又想在城市立足
他们驾起了电动车

是工作选择了他们
不是他们选择了工作
他们的无助和无奈
没有多少人懂得
不知他们当中
能不能产生未来的马云
但他们打拼的精神
却时时刻刻感动着我
感动着城市
也一定会感动幸运之神
改变他们未来的命运

三角梅（一）

在厦门
在美丽的鼓浪屿
一位善良的园丁爷爷
送给我一盆
小小的三角梅

园丁爷爷说
他从没有到过北京
他多么想看看天安门
多么想看看升国旗
可是他却去不了
因为他没有假期
也没有旅费

园丁爷爷说
你这么喜欢三角梅
只要用心
一定能养活它
他希望这一盆花儿
能替他看看一生向往的北京
希望他亲手培育的花儿
给北京增添一道秀美

如今，好几年过去了
那盆三角梅
已经爬满了我家的阳台
火红火红的三角梅
把家里装点得格外美

我一打开窗户
它们就探头探脑
想挤出窗外
好像是想替园丁爷爷
装点北京的美
欣赏北京的美

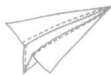

三角梅（二）

即使花期已至
却美丽长存
即使已经掉落
但气质常在

你将生命
定格在了
这美丽的淡粉之中
无法更改

这就是世界

一个个身影
来了又去
去了又来
川流不息
有的人下车了
有的人又开始
新的路途
漫长得没有止境

我想
这就是世界

时　间

当我听到秒针
一声一声地响
永不停歇
我知道了
我浪费的
珍惜的
都是时间

无题（一）

一

我从来不会去擦我的眼镜
不管它上面有多少灰尘

有些事物看得越模糊越好
一旦看清了
就不再像以往一样

二

总是被欢乐罩着
便淡忘了忧伤
总是被友谊罩着
便忘了孤独

三

有时候
我都不知道自己是如何想的
好想始终当个局外人
不被操控
但往往却是
一个看不透一切的局中人

无题（二）

一

因为是一切的问题
所以才是一切的答案

二

你跌倒了
还有爬起来的希望
但是如果信念跌倒了
那你便没有任何
重生的机会

三

人，有欲望
有梦想，会追求
人，有执念
有奋斗，会拼搏

四

八千里
就像风走了
我喜欢你

无题（三）

那水

不凉不热

刚刚好

一起品用温暖

那夜

不明不暗

刚刚好

一起看星星

那雨

不快不慢

刚刚好

显得有些温柔

那晚不伤不痛

刚刚好

遇见你……

人生的路

走在人生的路上
脚下常常是艰险的
而且，你永远难知道
最后会发生什么

走在人生的路上
脚下总是有力量的
即使无法预测未来
但我相信
脚总比路长
每踏出的一步
都是生命给予我的肯定
都是落子后的每一步棋
都是在更新每一种人踩过的
不同的人生

人生如茶

从沉到浮
由卷而舒
不禁感慨万千

平淡中的滋味
滋味中的平淡
虚怀若谷，怡然自得
品苦甜，尝青涩

茶不过两种姿态
浮，沉
品茶不过两种姿势
拿起，放下

理想如茶，人生如茶
理应沉时坦然，浮时淡然
拿时拿得起
放时放得下

茶·人情

色泽鲜艳
芳香四溢

有多少乐观豁达
有多少人情冷暖
总之，一杯茶
定是融入了不少
人间真情

茶·人生

人生就是一盘棋

走到尽头才知道结局

人生就是一首曲

不到最后永不知回味

人生中必有一知己

无话不谈，无话不说

所谓何求

正如一杯茶

却道尽世间真情

每一个

每一个嫩芽
都可能长成参天大树
也容易折碎

每一朵鲜花
都可能结成甜美果实
也可能枯萎

每一个梦想
都特别鼓舞人心
也可能破碎

每一次

每一次觉得孤单
就不再那么难过
脸上不会有泪痕
取而代之的
是一声淡淡的叹息

每一次获得荣誉
就不再那么虚荣
心里没有什么波动
取而代之的
是一个平静的眼神

每一次感到温暖
就不再那么冰冷
脑海就不会发凉
取而代之的
是一句亲切的话语

每一次看到希望
就不再那么消沉
心中就不会失望

取而代之的
是一个美丽的动作

每一次有了收获
就不再那么骄傲
脸颊就不会那么红润
取而代之的
是一个微微的笑容

每一次
都无所适从
每一次
习惯了就好

青松傲骨

坚韧

是你的性格

坚定

是你的品质

你用雄健的身躯

为我们展示

成长的秘密

你用苍翠的枝芽

让我们懂得

青松的傲骨

当风雨来临时

你依然如往日般

面不改色

顽强地坚守着

当太阳升起时

你用苍翠的臂膀

为生命写下

永恒的赞歌

附 录
— FU LU —

鼓励与关爱

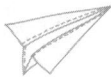

读卜方的诗有感

　　宝玉，昨天儿子自沈下乡，捎来卜方的诗集，很高兴！方才粗粗翻阅，为孩子显示的不俗之气而欣慰，文风健康，遵循着诗歌固有的规律，又有自己的独特思维。懂得抒情，明白用韵，这很可贵！许多成人之作都欠此常识。觉得在接下来的命笔中，可适当注重含蓄，较长的作品要有构思，比如首尾推进中的呼应。对一个孩子而言，这标准似乎高了，但我相信，在你精准而持久的引导下，卜方可寄厚望。帮她找些开阔视野与思路的书籍，可不止于诗歌。更要悉心规范一株幼苗茁壮的轨迹，全面的发展，快乐的成长，为一个灿烂的人生打下坚实的基础。祝福卜方！也祝福你这足可骄傲的父亲！

李松涛于山海关外乡居

2019 年 3 月 26 日

读卜方的诗集《属于自己的一片蓝天》有感

　　读小学的孩子能把诗写得如此开阔，如此"少年老成"，是我在读她同龄小诗人的诗中少见的。并非在诗的技巧上她有多高妙，而是她这种诗意的生活态度，许多成年人也望尘莫及。她以诗意的眼光来观察世界，在她的诗里有纯真而不乏艺术性的表现，这也是一般少年诗人很难做到的。希望小卜方能保持这颗纯真的诗心，长此以往写下去，一定能成就她自己的一方诗的天地。

曾凡华

2019 年 4 月 3 日

蓝天下的诗意畅想

——读卜方小朋友诗集《属于自己的一片蓝天》

张　庞

读长诗合作伙伴、年轻诗友卜宝玉惠赠其女儿的诗集《属于自己的一片蓝天》，年少学童，诗意盎然，令人慨叹，吟诗一首，以示祝贺和期待。

拥有自己的一片蓝天
是多么惬意欢畅
"坐在彩虹桥上
同太阳一起歌唱"
用独特的视角看世界
插上想象的翅膀

拥有自己的一片蓝天
是多么靓丽风光
"春姑娘的容貌
夏阿姨的美丽
秋奶奶的箩筐
冬爷爷用棉被覆盖了一切"
一首四季歌谣

唱出了岁月和希望

拥有自己的一片蓝天
是多么甜美馨香
吟诵母爱亲情
弹奏童年时光
纵论棋局诗书
崇尚师道尊严
用爱抚和心声
书写成长的诗行

拥有自己的一片蓝天
是如此多彩神奇
长颈鹿许是"世间万物尽收眼底
眼睛里总有一种说不出的忧郁"
年轻的虎王"虎啸山庄"
多卵的春蚕"化蛹为蝶"
一步一个脚印
"脚踏实地的大象"
蜗牛多像学者
"岁月留痕 一片白花花的足迹"
孔雀"美得忘乎所以
把屁股暴露在大庭广众之下"
动物世界 人间百态
忍俊不禁 赞叹小诗人的诗意目光

啊，一本诗集满装着大千世界

灵感的笔端恣意汪洋

自古英雄出少年

诗意孩童尽芬芳

期待来年谱（卜）新章

老夫聊发少年狂！

2019 年 3 月 11 日　匆匆

小荷才露尖尖角

——读卜方小朋友诗集《属于自己的一片蓝天》

马誉炜

万物复苏的春天里，在国防大学工作的战友、文友卜宝玉，送来他正在读小学六年级的爱女卜方的诗集《属于自己的一片蓝天》，捧着装帧素雅、散发着浓浓墨香的新书，我的脑海里忽然蹦出了宋代诗人杨万里的那首著名的四言诗："泉眼无声惜细流，树荫照水爱晴柔。小荷才露尖尖角，早有蜻蜓立上头"。

是啊！青出于蓝，后生可畏。小小卜方在她的父亲——军旅诗人卜宝玉的教育影响下，自幼就爱上了诗歌创作，很早就饱览中外经典诗篇，且能背诵400多首历代著名诗词，就连《琵琶行》《木兰辞》都能倒背如流。她既认真借鉴古今中外作家诗人的表现手法，又注意瞄准时代元素和特征大胆探索实践，用稚嫩、清纯、透明的眼光观察生活、体验生活、讴歌生活，善于发现身边的真善美，鞭笞社会上的假丑恶，尽情地抒发自己的情和爱，小小年纪就留下了许多富有诗意的、也是十分难能可贵的思考。这部诗集给当今诗坛带来了一股清新之气，使我看到了中国诗界的未来与希望。

诗贵在思，贵在精，贵在美。值得称道的是，卜方小朋友的诗，在这方面做出了积极而又可喜的努力。她着眼的不仅仅是花草树木、山山水水，而是从一开始就将眼光和视野舒展开来，注重围绕人生这一永恒课题进行深入思考，抒发独特的哲思与感想。在诗集

的第一辑"人生感悟"的首篇《当你在享受唯美生活时》，小诗人先是列举了种种貌似司空见惯的生活场景，诸如：在林中漫步，骑着共享单车穿过田野小径，赤脚走过海滩，等等，然后笔锋一转，又列举出在非洲、在荒原、在医院等地方与场所，"有多少人／在饥饿／在挣扎／在哭嚎／当知道那些人的生活时／你有没有换位思考……从而得出应倍加珍惜眼前普通的日子，迎来人生的"唯美生活"的结论。给人以深邃的思考和启迪。

人生的许多问题，认识上是否正确，也就是世界观、人生观、价值观是否端正，关乎着人生行走的方向与成就。而认识的起点早与晚，效果肯定大不一样。我惊讶卜方小小年纪就对人生问题有了大彻大悟性的成熟理解，在她笔下流出的诗句，为读者揭示出精辟的人生哲理，毋庸讳言，许多问题只恐有很多的成年人也不见得能认识得到。譬如：《棋》中："一盘棋／只有到最后才知道结局／如同人生"。《宽容》中："宽容大量／使我们包容大家／宽容大家／同时也在装点自己"。《人生之路》中："人生之路是惶恐的／因为你也说不清明天会是什么样／人生之路又是快乐的／因为你心中有一个美好的希望"。《微信》中："无论做什么事／都要有自控力／都要合理安排时间／这样它才是对人类有好处的"。《味道》中："世间万物／都有自己的味道／生活的味道／要靠舌尖品尝／更要靠眼睛观察"。……读着这些诗句，你是否也惊奇小小诗人的认识能力和看问题的水平呢？可谓入木三分，妙语连珠，在诗的艺术中巧妙地道出人生哲理。

北京大学教授、著名诗歌评论家谢冕说过，诗人有两个世界，一个是人的世界，一个是神的世界。没有人的世界，诗歌就失去了根本，犹如没有泥土的树木。但若只有这一个"人的世界"，那他只是一个普通的人，还不能成为诗人。谢冕教授所言"神的世界"，

其实说的就是诗歌一定要有想象。甚至就是说，缺乏想象力的诗人不成为诗人。诗之所以成为诗，就是让思想插上了想象的翅膀。卜方的诗美，也正是她借助了想象这一创作方法。在《童年的世界》里，她写道："爸爸出生在遥远的山村／他小时候从没有出过远门／在他的眼里／世界很大／我出生在繁华的都市／我经常坐着飞机云游四海／在我的眼里／世界很小"。在《写给母亲的诗》里，她写道："母亲啊，母亲／你的爱就像无垠的大海／一朵朵浪花陪我游向远方／风景迷人的海岸和沙滩／写下我成长的诗行／啊！母亲，亲爱的母亲／你的爱就像圆圆的地球／没有起点也没有终点／陪伴我直到永远"。在《老师》里，她写道："你是黑夜的火把／照亮前方／你是大海上的灯塔／让我们寻找人生的路"。写《神奇的书》："多么朴实无华的轮船／可是她载着的却是／人类高贵的精神／美丽的梦想"。写《一根笔》："是谁，让山水画里增添光彩／是谁，让时光在回忆中变得甜蜜／是谁，让文字变成新的故事／是一根有用的笔"。在卜方的诗里，她还把上帝想象为"人的爱心""胜利的曙光""内心的坚定"，是"美好、幸福、安康、胜利、爱心／将为你发射光芒"。她抒发自己的《时空与梦想》："我想在高空飞翔／看看世界长啥样／我想变成地鼠／看看有多少恐龙化石／我想变成游鱼／游遍所有的大江／寻找海底的宝藏"。孩子的想象力真是无止境的，读起来有时不免忍俊不禁，要笑出声来，但笑过之后，往往是思想的碰撞和启迪。这也许就是诗的魅力和力量。

诗歌是爱的产物。读着卜方的诗，我忽然想到了这一点。还是接着上边关于诗人有两个世界的话题说下去。从深层次的创作心理上说，诗人的两个世界也可以理解为灵与肉的世界。歌德在《浮士德》第一部中说过："每个人都有两种精神：一个沉溺在爱欲之中，执拗地固执着这个尘世。另一个则猛烈地要离去尘世，向那崇高的

境界飞驰。"但无论是在哪个世界，都是以爱作为出发点和落脚点，以爱为创作的主题，倘若没有对人生的爱，对生活的爱，对世界的爱，要写出撼人心魄的诗作，几乎是不可能的。即便是那些表达憎恨与愤怒的诗，有哪一位诗人不是由爱到极处转化而来的呢！在卜方诗的世界里，我读到了她对世界万物的爱，她爱父母、爱老师、爱祖国、爱历史、爱自然、爱读书、爱学习、爱自由、爱游玩，爱今天拥有的一切……爱，像涓涓细流，渗透进她每一首诗的字里行间。她从自己的衣食住行中感受父母家人的爱，在谆谆教诲中感受学校师长的爱，在欢快愉悦中感受自然万物的爱，篇篇诗作都抒发了心底的感激感恩之情。生活中爱的资源显然成为她诗歌创作灵感的主要源泉。她写《属于自己的一片蓝天》："天空是那么蓝／蓝得没有一丝杂质／没有一朵白云／没有一只小鸟／我的心／似乎把所有往事都忘了似的／满是欢喜"。她不吝笔墨，一口气写下《咏四季》《北国四季》《雨雪冰霜》等歌颂大自然的诗作，由对大自然的爱升华为热爱祖国的情怀。在第五辑"动物诗语"中，一首首对动物不乏拟人的描写，在妙趣横生中，感受到诗人的无限爱意和憧憬。诠释着她"爱世界、爱自然、爱生活、爱亲人、爱朋友、爱同学、爱所有人"的创作初衷，淋漓尽致地表达了诗人爱的传递。

　　卜方小朋友的诗，让人爱不释手，值得一读。

　　小诗人今后的创作道路还很长，奋斗正未有穷期。衷心希望这才露尖尖角的小荷，一直保持健康向上的良好长势，在阳光雨露的普照滋润下，绽放出更加多姿多彩、璀璨夺目的花朵。

2019 年 3 月 5 日写于北京

后记：依旧是感恩

我的第一本诗集《属于自己的一片蓝天》出版时，我写的后记是《感恩》。如今，在我的第二本诗集《属于自己的一个梦想》出版之际，我想说的心里话，依旧是感恩。

感恩著名诗人李松涛、曾凡华等前辈的点评，让我有了努力的方向；感恩将军诗人张庞、马誉炜等前辈的鼓励，让我有了前进的动力；感恩老师同学、亲朋好友的嘉勉，让我有了创作的激情。

感恩我的一零一中学，她光辉的历史、秀美的环境、百尺竿头的精神，滋养着我的诗情；感恩我的董磊明老师，她切中要害的辅导、点石成金的指教，使我的习作有了跃升。

热爱是创作之源。内心充满爱，才能写出好作品。我已经是一个青年了，和大家一样，我也有属于自己的一个梦想。今后的岁月，我依旧要尽情创作，放飞梦想。

卜　方

2021 年 3 月 27 日